우리들의 사춘기

푸른도서관 58

우리들의 사춘기

초판 1쇄 / 2013년 4월 5일
초판 4쇄 / 2020년 6월 15일

지은이/ 김인해
펴낸이/ 신형건
펴낸곳/ (주)푸른책들
등록/ 제321-2008-00155호
주소/ 서울특별시 서초구 양재천로7길 16 푸르니빌딩 (우)06754
전화/ 02-581-0334~5 팩스/ 02-582-0648
이메일/ prooni@prooni.com 홈페이지/ www.prooni.com
인스타그램/ @proonibook 블로그/ blog.naver.com/proonibook

글 © 김인해, 2013

ISBN 978-89-5798-348-5 03810

이 도서의 국립중앙도서관 출판시도서목록(CIP)은 e-CIP홈페이지(http://www.nl.go.kr/ecip)와
국가자료공동목록시스템(http://www.nl.go.kr/kolisnet)에서 이용하실 수 있습니다.
(CIP제어번호 : CIP2013000698)

(주)푸른책들은 도서 판매 수익금의 일부를 초록우산 어린이재단에 기부하여
어린이들을 위한 사랑 나눔에 동참합니다.

우리들의 사춘기

김인해 지음

푸른책들

나의 처음이 있게 한 엄마에게
이 책을 바칩니다.

차례

그러나 아무 일도 없듯이

고1이 되었다. 누구는 거쳤거나 누구는 아직 미래 시제로 여길 열일곱 살이 지금 내게 현재 시제로 다가왔다. 무뎌진 심장에 전기 충격을 주는 듯한 긴장감이 느껴졌다. 나쁘지 않다. 이 긴장감을 3년, 1095일 동안 유지해야 한다. 1095일의 장거리 달리기를 시작하기도 전에 타인으로부터 선행해야 할 과제를 들었다.

"여친부터 정리해라."

까놓고 말하면 저 깊은 곳에서 기어 나온 주문이기도 했다.

맞춰 놓은 새 교복을 찾으러 가는 날, 까짓것 실행해 보기로 했다. 어울리지 않지만 내 안의 어떤 목소리에 복종하기로 했다.

을씨년스러운 날씨에 빗방울까지 떨어졌다. 두툼한 겨울 재킷, 키에 맞춘 바짓단, 조끼와 카디건, 셔츠 두 벌 그리고 진홍색 줄무늬 넥타이가 든 쇼핑백은 종잇장처럼 가벼우면서도 바위처럼 묵직했다. 저 앞에 검은 파카와 청바지를 입고 건널목을 건너는 세린이가 보였다. 순간 무겁던 손과 마음이 깃털처럼 가벼워졌다. 처음부터 세린이는 그냥 좋았다. 하얗고 잡티 없는 피부는 비비크림 때문이고, 다리가 길어 보인 건 짧은 교복 치마 때문이란 것을 알게 된 순간에도 그랬다. 작고 찢어진 눈도 볼수록 매력적이었다.

세린이는 교복들을 펼쳐 보며 집에 가서 사진부터 전송하라고 했다. 마치 자기가 내 옷을 사온 엄마라도 되는 양 교복에 떨어진 빗방울을 닦고 난리였다.

우리는 핫도그 하나와 닭강정 한 컵을 들고서 성당 앞을 지났다. 성당 벽의 스테인드글라스 너머를 보며 세린이가 말했다. "너 나중에 대학 들어가서 나 모른 체하면 죽어." 나는 "너 나중에 취직 먼저 해서 다른 남자랑 데이트하면 죽어."라고 대꾸했다. 인문계 고등학교와 실업계 고등학교로 갈 길은 다르지만 우리의 사랑이 저 오래된 성당보다, 그 굳건한 학교보다 변함없을 것을 의심하지 않았다.

"여친 때문에 더 열공할 수 있다고."

숙제를 해치운 듯 홀가분했다. 점퍼를 집어던지고, 무슨 예를 치르듯이 와이셔츠와 바지와 재킷을 입고 머리를 매만졌다. 찰칵, 카메라 셔터를 눌러 사진을 찍고 세린이에게 전송했다.

득달같이 문자가 날아왔다. 문자 하나에 이토록 가슴이 뛰는데 헤어지다니 말도 안 되었다.

　－교복 모델 해도 되겠는걸. 멋져! 핸드폰 화면으로 지정.

　－너도 빨리 교복 입고서 보내 줘.

세린이는 엄마가 쉬는 주말에 교복을 맞추러 갈 수 있다고 했다.

　－너도 엘리트 교복 맞춰라. 바느질, 옷감, 다 좋아.

　－엘리트 교복 입으면 1등급이라도 되냐? 난 사양.

　－1등급을 아무나 하냐? 나도 사양.

나는 앞으로 공부를 하게 되겠지만 어떤 결과가 나올지는 나 자신도, 그 누구도 몰랐다. 그러나 확실한 건 1등급은 아닐 거란 사실이었다. 4퍼센트의 가능성을 위해 피눈물을 흘리지는 않을 테니까.

　－나처럼 실업계 고등학교 애들에게도 미래가 있는 걸까?

생각 많은 세린이의 문자에는 대체로 의문 부호가 많았다. 하긴 우리의 인생은 아직 물음표이지 않은가?

　－당근이지. 우리 열공이나 하자.

이런 문자를 치는 내 손이 가증스러웠다. 아니, 대견했다.

　－그래. 나도 정신 차려야지. 네 말이 맞아. 진짜 고딩의 본때를 보여 주자고.

본때는 누구한테 보여 준다는 거지? 자신? 실업계 고등학교로 떠민 부모님? 아니면 남자 친구인 나? 여하튼 우리는 본때를 보여 줘야 했다.

 입학식 날 강당. 교가를 부르는 입과 달리 생각은 효모를 넣은 빵처럼 부풀 대로 부풀었다. 전날 저녁 뜨거운 물로 샤워를 한 탓에 잠을 설쳤고, 새 옷 냄새가 나는 교복도 거북했다. 대체 고1한테는 어떤 마술을 부려 놓은 거지? 아랫도리에서 신호가 왔다. 빵, 터지기 일보 직전인 사념들이 요도로 과부하 되는 듯했다. 식은땀이 나고 머릿속이 몽롱했다. 더 이상 참을 수가 없었다. 작년의 대학 합격생 현황을 열거하는 교장 선생님을 뒤로 하고 쏜살같이 뛰쳐나갔다. 첫날부터 바지를 적시는 치욕을 당할 수는 없었다. 겁쟁이라고 인정하기는 더 싫었다. 복도에서 길을 잃고 둘레둘레 화장실을 찾는데 어떤 형과 눈이 마주쳤다. 작은 키임에도 형다운 느낌이 들었다. 하얀 피부 톤과 안경에서 모범생 포스가 풍겼다. 형은 단번에 "화장실 저기야."라며 복도 끝을 가리켰다. 얼마나 고마운지 감사의 인사를 꾸벅 했다.

 얼마 지나지 않아 그 형을 회장선거 후보 벽보에서 보았다. 다른 후보들처럼 웃는 포토샵 사진 옆에 '기호 3번'이라는 글자가 크게 박혀 있었다. 매직으로 수염과 안경을 그려 넣은 장난질에도 불구하고 3학년의 무거움과 우울함이 읽혔지, 아마. 이번 회장 선거는 그 형을 위한 선거라고 했다. 전교회장을 만들어 그 형의 스펙을 추가하는 과정에 우리가 들러리를 서야 한다는 것이었다. 나는 잠시 고민하다가 3번을 찍지 않았다. 형한테

는 미안하지만 진심이었다. 이상한 논리지만 어쩐지 그게 형을
돕는 일 같았다.

엄마에게서 느닷없이 문자가 온 건 체육을 끝내고 점심으로
나온 삼치를 먹고 있을 때였다.

－외할아버지가 쓰러져서 서울병원 응급실에 입원하셨어.

나는 딱히 할 말이 없어서 '왜?'라고 문자를 보냈다.

－아직 몰라. 검사 중이래. 야자 끝나면 간식 챙겨 먹고.

간식을 챙겨 먹은 다음에 놀지 말고 공부하라는 이야기를 에
둘러 전하는 것이었다. 엄마는 지척에서 현미경처럼 나를 들여
다보지 못해서 안달이었다. 도서관 사서인 엄마는 과장이 되고
나서부터 날마다 야근이었다. 내 발뒤꿈치에서 떨어진 티눈의
세포 하나까지 체크할 엄마인데, 그나마 숨구멍이 트인 건 천만
다행이었다.

공부, 공부 하는 사람 중에서 둘째가라면 서러운 사람이 외
할아버지이다. 외할아버지는 내 인생 최초의 벽이었다. 입이 짧
았던 나는 할아버지의 숟가락이 입속으로 강제로 들어올 때마
다 숨이 막혀 죽을 것만 같았다. 결국 일곱 살 때, 온 가족 앞에
서 흰자위를 보이며 경기를 일으켰다. "누굴 닮아서 저렇게 고
집불통이야?" 하고 말하는 할아버지의 얼굴이 노래졌다. 할아
버지에게는 내가 최초의 벽이 되는 순간이었다. 그 뒤로 할아버
지는 다시는 내 입에 자신이 즐기는 음식들을 넣지 않았다. 평

소에 인삼, 오가피, 헛개나무 같이 몸에 좋다는 것들만 찾아 먹는 할아버지가 병원에 누워 있는 장면을 보니 뭔지 모를 이질감이 느껴졌다.

나는 짝 정배의 식판에 남은 삼치를 냉큼 집어 먹었다.

5교시 종이 울리기 전에 세수를 하고 돌아왔더니 짝 정배가 엎드려서 잠을 자고 있었다. 가무잡잡한 피부와 홀쭉한 얼굴, 둥그런 검은 테가 한눈에 들어왔다. 1퍼센트도 점심시간에는 생리적인 졸음을 이겨 내지 못했다. 중학교 때 1퍼였던 정배는 재수 없게 과학고에서 미끄러졌다. 정배의 팔자도 그렇지만 그의 짝이 된 나도 참 시쳇말로 '쩔었다'.

"필기 다 했냐?"

처음 정배한테 한 말이다. 나름 열의를 가지고 노트 필기를 해 보려 했지만 금방 내 의지를 잘라 버리는 국어 선생님 때문이었다. 국어 선생님은 우리 담임이기도 했는데 어떻게 하면 재미없게 수업하는지에 대해 연구라도 하는 듯했다.

억지로 노트를 내민 정배의 얼굴만큼이나 그의 글씨는 난해했다. 마치 초현실주의자의 붓질 같았다. 순간 '그래, 너도 틈이 있지?' 하며 속으로 흐뭇해졌다. 정배가 "왜 웃어?" 하고 물었다.

"내가 웃었냐? 가끔 입술 근육이 누구 글씨처럼 제멋대로 움직이거든."

"싫으면 관둬."

정배가 자기 노트를 획 낚아채 갔다.

거친 손길을 느끼는 순간, 나는 정배의 안경 너머가 어디로 향하는지를 놓치지 않았다. 그 눈길은 샤프를 쥔 내 손에 머물고 있었다. 나는 실소를 터뜨리며 샤프를 현란하게 돌렸다.

며칠 전 아침, 삼선 슬리퍼를 갈아 신으려고 허리를 숙이는데 누군가의 눈길이 느껴졌다. 고개를 들어 보니 정배였다. 곁눈질로 나를 보는 느낌이었다. 뭐지? 정배가 내 신발과 가방을 훑는 듯했다는 건 너무 지나친 생각일까? 상표는 무시할 수 없는 계급이다. 나는 입학 기념으로 온몸을 최고급 운동화, 가방, 필기도구로 도배했다. 정배의 가방과 신발은 척 봐도 마트에서 산 후진 것이었다.

흡족함에 도취된 것도 잠시, 기분이 가라앉으면서 정배에게 가방과 신발을 몽땅 주고 싶었다. 왜 그런지는 모르겠지만 나보다는 정배에게 어울릴 거라는 생각이 들었다. 꼴에 자존심은 있어서 진짜 그렇게 할 위인은 아니다. 참 나란 놈은 알 수가 없었다.

그러다 수학 중급반에서 정배와 중학교 때 같은 반이었던 찬우를 만났다. 찬우 말을 듣고서야 오락가락하던 생각을 정리할수 있었다.

"중학교 때부터 그 자식 글씨 유명했어. 일부러 갈겨쓰는 거야."

"일부러?"

"그래. 기껏 필기한 걸 보여 주고 싶지 않으니까 자기만 알아보게 쓰는 거지. 암호처럼."

"노트 필기 갖고 쩨쩨하기는."

"그 자식 원래 찌질한 놈이야. 근데 과학고 떨어지고 애가 좀 이상해졌대."

잠시 띵했던 머리가 바로 제자리로 돌아왔다. 우울한 감상도 명쾌해졌다. 신랄하게 공격하는 찬우의 말을 정리하면 이렇다. 공부는 꽤 잘하지만 다른 건 젬병이라고 했다. 올백 아니면 한두 개 정도를 틀리고 전교 1등을 놓쳐 본 적이 없지만 인간성은 쓰레기라고 했다. 그럴수록 정배에 대한 찬우의 열등감만 드러나는 꼴이었다. 열등감 없는 학생, 청춘, 아니 인간이 어디 있는가? 실핏줄 터진 눈으로 수술실에서 한 땀 한 땀 바느질을 하고 있을, 잘난 척으로 똘똘 뭉친 아빠를 빼고는 말이다. 찬우의 말이 점점 시들해질 무렵 녀석이 폭탄 하나를 터트렸다.

"미친놈이 여자애 가슴을 만졌대. 걔, 변태새끼야."

가슴이 유난히 발달한 여자였다고 낄낄거리는 찬우의 말이 의심스럽지만 솔깃했다.

"그래도 여자는 가슴보다는 얼굴이지."

마지막 찬우의 말은 우리 반 남자애들이 핏대를 세우며 하는 말 중의 하나이기도 했다. 이때만큼은 교실에서의 보이지 않는 선이 허물어졌다. 자기들 얼굴이나 보고 말하지. 웩, 구역질이

나왔다.

"얼굴은 뜯어고치면 돼. 돈만 있으면 어떤 여자라도 너희들이 원하는 얼굴과 몸으로 만들어 줄 수 있어. 망치로 때리고 가위로 자르고 바늘로 꿰매서."

내 말에 찬우가 소리쳤다.

"프랑켄슈타인이든 인조인간이든 여자 친구만 있으면 소원이 없겠어."

애들이 이구동성으로 '맞아, 맞아.' 하고 외쳤다.

어쨌든 정배에 대한 소문은 사실 여부를 확인해 봐야 했다. 여자 앞에서 정신을 놓고 야동 흉내를 낸 건가? 엽기적인 놈! 아니아니, 그럴 놈은 아닐 것이다. 그러고 보니 나의 여신, 세린이를 못 본 지 며칠이 지났다. 미치게 보고 싶다. 조금 있으면 세린이 생일이다. 지난 크리스마스에 받은 목도리와 장갑이 얼마나 포근했는지 모른다. 목도리를 둘러 주고 장갑을 끼워 주던 그 손길도 따스했지. 나도 세린이의 마음을 감싸 줄 선물을 준비할 것이다. 무엇이 좋을까? 이왕이면 값나가고 실용적이면서 폼도 나는, 삼박자를 고루 갖춘 물건이어야 했다.

외할아버지가 쓰러지신 뒤 며칠 만에 입원실을 방문했다. 나와 엄마를 맞아 주는 외할아버지는 조금 헐렁한 병원복에 묻혀 야위어 보일 뿐 혈색은 갓 태어난 새끼 고슴도치처럼 발그레했다. 병간호를 하는 할머니와 외숙모가 더 창백하고 파리했다.

어른들이 우르르 나가고 나 혼자 턱 낮은 간이침대에 앉아 있었다. 외할아버지가 떠먹는 요구르트 하나를 내밀었다. 그러고는 자신도 하나 집어 들어 포장을 뜯어내더니 포장지 안쪽에 묻은 쉰내 풍기는 하얀 요구르트를 혀로 쓰윽 핥았다.

"먹고서 빨리 기운 차려야지. 그래야 우리 손주 오래오래 본다."

쩝쩝쩝.

오렌지, 방울토마토, 사탕, 쌀 과자. 이 모든 걸 할아버지가 먹었다. 게걸스럽게 먹고 난 뒤 침대를 올려 달라고 했다. 침대 옆 손잡이를 잡고 돌리자 삐거덕거리며 침대가 올라갔다. 그나마 병원에서 재밌는 걸 발견한 나는 할아버지의 자세가 90도가 될 때까지 손잡이를 마구 돌렸다. 결국 다시 왼쪽으로 조금 풀어야 했다.

"태영아, 아빠는 바쁘냐?"

할아버지는 늘 아빠를 찾았지만 아빠는 명절이나 생일 때에도 바빠서 얼굴 보기가 힘든 사람이었다.

"그런가 봐요."

"바쁜 것도 능력이다. 너도 아빠처럼……."

그 다음 레퍼토리는 더 이상 듣고 싶지 않았다. 병실에서 벗어나고 싶었다. 집요한 할아버지의 말은 엄마가 사온 치즈 빵을 씹으면서도 이어졌다. 네 아빠의 병원에 사람이 많으냐? 자기 얼굴에 칼과 바늘을 대다니 할아버지 때는 생각도 못한 일이다.

성형외과에 사람이 몰린다니 네 아빠는 선견지명이 있다. 너도 네 아빠나 엄마를 닮았으면 공부 머리는 나쁘지 않을 거다. 다 듣고 있을 수가 없었다. 끔찍했다. 할아버지의 입을 꿰매거나 불도저로 밀어 버렸으면 좋겠다고 생각하는데 할아버지가 사레가 걸렸는지 컥컥거렸다.

다행히 엄마 덕분에 병원을 탈출할 수 있었다. 사레 걸린 할아버지에게 물을 주며 먹는 것 좀 그만 밝히라고 한소리 한 것이다. 이년아, 썩 내 눈앞에서 사라져, 하고 할아버지가 소리를 질렀고 우리는 뒤도 안 돌아보고 병실에서 나왔다.

엄마는 끝까지 내 핑계를 댔다. 살아 계실 때 자주 오라는 할머니의 당부에 "태영이 때문에 정신없어. 정말 직장 때려치우고 애한테만 매달리고 싶단 말이야."라는 말까지 했다. 이제 이런 말로 놀랄 나도 아니다.

엄마는 병원에서 나온 다음 식당에서도 계속 벌침을 쏘아 댔다.

"이미 학원은 늦었어. 유능한 선생들이 학원에서 나와서 과외를 한대. 스카이 여럿 보낸 과외 선생님 알아 놨으니까 너는 정신 차리고 공부나 해."

스카이 대학 보낸 선생님이란 말이 스펀지처럼 스며들었다. 아들 실력을 알면서도 모른 체하는 건가? 아니면 현실 파악이 안 되는 건가?

"혼자 해 본다고 했잖아. 또 과외 선생님 붙여 주면 절대 안

해."

강하게 나갔다. 학원과 과외는 지긋지긋했다. 잠시 젓가락질을 멈추고 머뭇거리던 엄마가 무겁게 입을 열었다.

"그래, 그럼 중간고사 시험 결과 보고 결정하자."

중간고사가 끝나면 또 시작이겠지.

"공부 해 본다고 했잖아. 그 다음은 나도 몰라. 엄마는 알아? 그러니까 앵무새처럼 같은 말 하게 하지 말라고!"

"얘가 버릇없이 엄마한테……."

엄마가 눈을 부라리며 3년만 참으면 된다고, 3년 후의 내 모습을 상상하라고 했다. 그만 아들을 포기하는 게 더 빠를 거라는 말이 입 밖으로 나오는 걸 꾹꾹 눌렀다. 싱거운 버섯과 갈비탕을 입안에 밀어 넣었다. 어쩌면 할아버지도 미각을 잃고 습관처럼 먹는 것일지도 모르겠다. 할아버지는 얼마나 살까? 의사말로는 3개월이라고 했다는데, 3개월 후 할아버지가 없는 건상상이 안 됐다. 3개월도 이런데 3년 후의 미래를 그려 보라고요구하는 건 말이 안 되는 소리다.

이튿날, 할아버지는 의사의 선고를 따르기라도 하려는 듯 두번째로 쓰러졌다. 그러고는 아무도 못 알아보았다. 할머니가 똥오줌 수발을 했다. 병마가 할아버지 몸의 주인이 되었다.

3월이 가고 4월을 넘기자 중간고사 날짜가 잡히고 시험 범위도 나오기 시작했다. 기다리던 세린이의 생일도 다가왔다.

편의점과 빵집 사이에 있는 햄버거 집이 생일잔치를 위한 첫 번째 장소였다. 1층에는 여중생들이 입에다 오토바이 모터를 단 듯 떠들며 있었고, 2층에는 고등학생으로 보이는 아이들 몇 이 앉아 있었다. 아는 애들은 보이지 않았지만 누가 본다 해도 뭐 상관없었다. 우리의 기념일을 축하해 주는 하객 몇 명쯤이 있어도 나쁠 건 없었다.

나는 준비한 선물을 내밀었다. 용돈을 털어서 준비한 하얀색 PMP였다. PMP가 헤벌쭉 웃으며 세린이의 손으로 옮겨가고 있음을 행복해하는 것 같았다. 목소리가 떨렸다. 스피커에서 나 오는 가수의 노래에 묻혀서 안타까웠지만 다행이기도 했다. 어 쩌다 보니 PMP의 성능을 설명하고 있었다.

"전자사전은 당근 되고, 인강도 들을 수 있어."

이어서 해상도도 높고 터치감도 준수하며, 사실 용량이 내가 가지고 있는 것의 절반밖에 안 되지만 가격대에 비하면 훌륭하 다고 말했다. 문득 하고 싶은 말은 이게 아닌데 싶었다. 언저리 만 맴도는 혀를 깨물어 버리고 싶었다. 이 선물의 가격과 성능 보다는 그보다 더 큰 내 마음, 헤아릴 수 없는 내 마음이 더 중 요했다. 내 마음을 드러내는 방법이 수치여서는 안 된다는 걸 그때는 몰랐다. 이것이 마음이 담긴 선물이라는 걸 말로 표현하 는 일은 함수보다 어려웠다.

"얼마야?"

내가 '마음'이란 추상적인 단어에 매달리는 사이, 세린이가 물었다. 차갑고 고압적인 말투. 이게 아닌데? 무언가 어긋났다는 게 빛의 속도보다 빠르게 느껴졌다. 나는 15만원짜리를 할인해서 13만원에 샀다고 읊조리면서 세린이가 벌떡 일어서는 걸 올려다보았다. 기생충이라도 본 듯이 일그러지는 얼굴. 그 얼굴을 보는 것도 잠시, 세린이가 도망치듯 뛰쳐나갔다. 포장도 뜯지 않은 햄버거 따위는 신경 쓸 겨를이 없었다. 허겁지겁 뛰어가 사거리 횡단보도에서 세린이를 붙잡았다. 나는 악을 쓰며 따졌다. 차와 사람들로 바글대는 소리를 가르며 내 목소리가 쩌렁쩌렁 울렸다.

"내, 내가 뭘 자, 잘못했는데?"

"돈 있다고 자랑질이나 하는 너 같은 애는 질색이야. 꺼져."

긴 말도 하지 않았다. 세린이는 내 손을 떨치며 밀어 버렸다. 무방비로 있던 나는 엉덩방아를 찧었다. 즉시 일어나기는 했지만 한순간에 얼굴이 불덩이처럼 익었다. 필요한 걸 사 주고 싶었을 뿐이야. 인터넷 강의 들으면서 공부 열심히 하자고 그런 거라고. 이렇게 내 마음을 몰라 주냐고 확성기라도 대고 외치고 싶었다. 하지만 흥분하면 버벅거리며 말을 못하는 이태영이는 닭 좇던 개 마냥 쳐다보고만 있을 뿐이었다.

"야. 너, 너 정말 가?"

마지막 외침도 소리가 되어 뻗어 나가지 못했다. 이렇게 보내면 끝인데……. 잘못했다고 빌라면 빌고 싶었다. 아, 드라마에서는 타임리프를 해서 사건이 일어나기 전으로 되돌리기도 잘 하던데 이놈의 현실은…….

"아차, 내 PMP!"

그 와중에 PMP가 떠올랐다. 햄버거 집으로 잽싸게 뛰어갔지만 말라가는 햄버거, 콜라, 치킨너겟만 그대로였다. PMP는 감쪽같이 사라지고 없었다. 아, 그 비싼 물건을 훔쳐 가다니. 훔쳐 간 놈을 쥐어뜯고 싶었다. 완전 재수 옴 붙은 날이다. 당장 카운터로 달려가 아르바이트생 누나와 형들에게 누가 H사의 하얀색 PMP를 훔쳐갔다고 식식거렸다.

"네가 자리 비워 놓고 그걸 여기 와서 찾아 달라면 어떡해."

알바하는 형이 떽떽거리면서 귀찮아했고, 뒤에서 기다리던 아주머니도 별 미친놈을 다 보겠다는 듯이 눈을 부라렸다.

"내 PMP 찾아내. 어느 놈이 훔쳐 갔는지 CCTV 확인해. 당장 경찰을 부르라고."

눈에 뵈는 게 없었다. 실장이라는 사람이 태연한 목소리로 분실물이 뭐냐고 성가신 듯 물을 때는 눈에서 불꽃이 튀는 듯했다.

"태영아! 이거 찾아?"

익숙한 목소리에 뒤돌아보니 정배가 내 PMP를 들고 있는 게 아닌가? 안도감보다는 쪽팔려서 숨고 싶은 게 먼저였다. 정배 자식은 정말로 남의 사생활을 훔쳐보는 엽기적인 녀석이 맞았다. 그래도 PMP는 건졌다고 위로하면서 말했다.

"야, 먹기나 하자."

식은 햄버거를 꾸역꾸역 먹었다. 정배가 감자튀김 몇 개를 집어 먹었다. 가 버리지 않고 나와 있어 주다니 울컥 고마움이 밀려왔다.

"나도 차여 봤는데 처음에는 죽을 만큼 내가 싫어지더라. 나중엔 내가 저 아니면 여자 못 사귀냐? 했고. 더 지나니까 여자라면 다 싫어지더라."

정배의 입속으로 양배추가 들어가고 있었다.

정배의 소문을 확인하고 싶었던 때가 까마득하게 느껴졌다. 내가 왜 차였는지 가르쳐 줘? 라고 항변하고 싶었다. 그래도 같은 배를 탔다는 동질감에 마음이 따뜻해졌다. 이 기분은 뭐지?

'그래, 실컷 비웃어라. 나는 그래도 싼 놈이다.'

정배는 한술 더 떠서 여자 따윈 만나지 않겠다고 했다. 나보고도 이참에 차라리 잘된 일이라 생각하라나!

그런데 독신주의자란 말까지 하는 건 아니라고 생각했다.

"여자는 알 수가 없는 동물이야. 선물 하나 가지고 수만 가지 생각을 복잡하게 하잖아. 알 수가 없다니까. 차라리 혼자 사는 독신주의자가 낫지."

"혼자 산다고? 야, 난 삼대독자야."

"너도?"

"우리 할아버지, 엄마, 아빠가 알면 독기를 품고 잡아먹으려고 할 거야."

"아, 결혼 안 할 자유조차 박탈당한 가여운 인생이 여기 또 있구나."

정배가 콜라의 얼음을 와작와작 씹어 먹으며 탄성을 내질렀다.

"친할아버지는 돌아가셨으니까 괜찮아. 문제는 외할아버지랑 엄마, 아빠야. 외할아버지는 병원에 계시지만……."

그러다 나는 멀쩡하던 외할아버지가 병원에 입원을 하고, 식탐 많은 분이 곡기를 끊고 쓴 물만 토한다는 말까지 스스럼없이 하기에 이르렀다. 오늘내일하는 할아버지 얘기까지 다 하고 나자 우리 앞에는 종잇조각과 플라스틱 콜라병과 빨대만 남아 있었다. 이제 일어설 일만 남았다. 마지막으로 PMP를 어떻게 처리할까 고민됐다. 먹을 수도 없고 갖고 있기엔 가슴 찢어지는 물건이라 만지작거리면서 생일이 언제인지나 물어보려는데 정배가 먼저 입을 열었다.

"죽으면 고민도 사라질까?"

여기 의문 부호 인생이 또 한 명 있구나 생각하며 정배를 뚫어지게 바라보았다.

"네 할아버지처럼 추하게 죽어 가느니 차라리……."

"차라리 뭐, 어떻게?"

"궁금하지 않아? 죽으면 어디로 가는지. 육체가 없어지면 영혼도 사라지는 걸까?"

들을 가치도 없는 소리였다. 아니, 한 번도 고민해 본 적 없었다. 툭, 정배의 등짝을 치면서 야자나 가자 하고 일어섰다.

여자 친구와 헤어진 마당에 골치 아픈 말을 듣고 있을 만큼 나는 너그러운 놈이 아니었다.

그늘진 얼굴이 낯설어서 피하려고 서두르는데 정배가 내 어깨를 치며 말했다.

"잠깐 어디 좀 같이 가자."

정배는 근사한 놀이터를 구경시켜 주겠다면서 나를 끌고 갔다. 그곳은 정배와 결코 어울리지 않는 장소였다. 지붕과 담벼락이 무너지고 세간과 가구들이 어질러 있는 재개발 지역이었다. 어디선가 지게차와 불도저가 윙윙 소리를 내면서 달려올 것만 같았다. 얼마 전까지 사람들이 코를 풀고 밥을 먹고 잠을 자던 흔적들이 먼지와 콘크리트와 함께 시간에 녹아내리고 있었다. 좀 전까지 정배가 나를 기다려 줬으니 이제는 내 차례였다.

정배는 담배 한 모금을 빨아 연기를 후 내뿜었다.

"너도 피울래?"

"난 아직."

"나도 얼마 안 됐어."

불협화음의 극치였다. 어떻게 이런 놈이 1퍼를 놓치지 않지? 혹시 이번 중간고사는 망치는 거 아냐? 그래, 이젠 너도 끝이야. 혹시 힘든 일이 있나? 그냥 동전의 양면 같은 것인가? 그런데 왜 나는 이런 정배가 마음에 들지. 복잡한 내 생각을 정배가 읽기라도 했는지 담배 한 개비를 다시 내밀며 말했다.

"담배 하나 갖고 너무 놀라는데?"

"그런가?"

나는 아무렇지 않으려고 애썼다.

　누군가의 이별 소식은 흥밋거리가 되기에 충분했다. 내가 세린이와 헤어졌다는 소문이 아빠에 대한 비아냥거림과 함께 나돌았다. 애들은 엉뚱한 트집을 잡아 사람을 열 받게 했다. 얼굴이 안 따라 주는 여자 친구를 만나도 성형외과 의사 아빠를 둔 덕에 걱정 없다는 말이 돌았다. 누구 입에서 나왔는지 기가 막혔다. 정배에게 "너야?" 하며 따졌더니 움찔대며 아니라고 했다. 찬우가 다가와 귓속말로 속닥거렸다.

　"정배가 네 뒷담화 까고 다녀."

　"나한테 왜 그걸 말하는데?"

　찬우는 내가 정배와 붙어 다니는 게 비위가 상한 것이 분명했다.

　"정배한테 말해 둬. 괜히 집적대지 말라고."

　"네까짓 것들이나 걔한테 집적거리지 마."

　책상을 쿵 내리치며 일어섰다. 찬우의 눈썹이 꿈틀거리고 애들의 시선이 쏠렸다. 정배가 내 팔을 잡아당기며 의자로 끌어내렸다. 놔, 하며 손을 뻗어 찬우의 코에 선빵을 날렸다. 찬우와 나는 어느새 한 쌍의 거북이가 되어 엎어지고 뒤집어졌다. 아무도 우릴 말리지 않고 누가 먼저 백기를 드느냐를 호기심 어린 눈으로 져켜보고 있었다. 그 가운데서 정배는 일등급답게 아무도 하지 않는 짓을 했다. 의자를 들어 교실 문에 던져 버린 것이다. 쿵 소리와 애들의 함성, 쩍하고 금이 가는 소리. 그리고 침묵.

벌점을 받고 반성문을 썼다. 다행히 부모님을 모셔 오라는 말은 안 나왔다. 순전히 정배의 그 탁월한 등급 때문이었다. 우리가 싸운 건 물의를 일으키고 학교의 규칙을 어기는 난폭한 행동이고 정배가 의자를 든 건 어쩔 수 없는 현명한 선택이었다고 했다. 기물 파손으로 마무리하는 선생님을 오히려 정배가 비웃었다. 정배가 의자를 몇 개나 던져야 선생님과 학교는 규칙 위반을 언급하고 놀라 자빠질까?

"과학고에 갔으면 너 같은 건 상종도 안 했어."

선생님이 나간 뒤 정배가 찬우에게 쏟아 부은 말이다. 찬우가 책가방을 패대기치고 숨을 헐떡거렸다.

아이들이 우르르 나간 뒤 교실에 앉아 있었다. 벌점 받은 걸 알면 가만히 있지 않을 엄마가 떠올랐다. 정배는 전화도 받지 않았다. 정배도 내 마음처럼 그곳에 가 있을 것 같았다. 교실 문을 닫고 내려가려는데 계단 위에서 내려오는 발자국 소리가 들렸다. 회장 형이 열쇠 꾸러미를 들고서 옥상에서 내려오는 중이었다. 나도 모르게 꾸벅 인사를 했다. 그러나 형은 나를 보지 못하고 앞만 보고 모퉁이를 돌아갔다. 저 열쇠는 뭐지? 열쇠 부딪히는 소리가 멀어져 갔다.

계단을 천천히 내려가 야자실 복도를 지나쳤다. 백 미터 달리기를 해 운동장을 빠져나갔다. 숨이 턱에 차올라 멈춘 곳은 정배와 왔던 그 놀이터였다. 돌멩이를 걷어차는 정배와 눈길이 마주쳤다. 무언가 통했다는 느낌에 배시시 웃음이 나왔다.

발 앞에 뒹구는 바람 빠진 축구공을 정배에게 툭 던졌다. 뿌연 먼지가 일었다. 먼지를 뚫고서 축구공이 위로 솟았다. 오르막길 꼭대기까지 축구공을 굴리며 가 보기로 했다. 금세 땀이 났다. 우리는 위로 오르려고 하고 공은 아래로 내려가려고 했다. 우리가 공을 이겼다. 꼭대기까지 오르니 가슴이 탁 트였다. 학교 운동장까지 훤히 보였다.

정배가 털썩 주저앉으며 말했다.

"과학고 안 간 게 천만다행이지 뭐. 나는 한 달도 못 버텼을 거야. 지금도 지긋지긋하거든."

"야, 나 같은 떨거지들한테는 배부른 소리로만 들리니까 닥쳐라."

"진짜라니까."

"의자는 왜 들었냐?"

"넌 찬우랑 왜 뒹굴었냐? 힘들면 세린이한테 다시 전화해. 내가 해 줄까?"

"됐어. 그딴 걸 왜 너한테 부탁하냐?"

정배가 전화를 해 준다는 말에 나는 혹했다. 한번 그래 볼까? 경멸하듯 쳐다보던 세린이의 얼굴이 떠올랐다. 바람 빠진 축구공처럼 위축되었다. 무얼 잘못했는지 이제 와 안다고 해도 돌이킬 수 없는 일이었다.

정배가 야자에 가자고 하면서 일어섰다. 올라왔으니 다시 내려갈 일만 남았다. 축구공을 툭 찼더니 공은 질주하듯 아래로 굴러갔다. 아래로 굴러가는 공을 눈으로 좇았다. 공이 갑자기 멈췄다.

"어, 회장 형이?"

먼저 내려가던 정배의 어깨 너머로 축구공을 잡고 있는 회장 형이 보였다.

"여기가 작년까지 우리 집이었거든."

묻지도 않았는데 형이 어색하게 말했다. 아까는 몰랐는데 볼이 야위고 눈이 퀭하게 느껴졌다. 3학년의 겨울을 미리 들여다보는 기분이었다.

형이 꼭대기 너머를 한눈으로 훑고 있었다. 폐허가 된 자기 집을 보는 기분은 어떨까?

형이 어깻숨을 내쉬며 물었다.

"너희 배 안 고프냐? 닭강정 먹을래?"

"아니요."

나와 정배가 동시에 대답했다. 솔직히 입이 심심하긴 했지만 얻어먹을 정도는 아니었다.

"형, 나중에."

정배는 거절한 것을 미안해했다.

"저도."

"누가 억지로 먹제? 됐어. 나 먼저 내려간다. 여기 너무 오래 있지 마라."

터벅터벅 내려가는 뒷모습을 물끄러미 바라보았다. 어쩌면 더 오래 머물 수도 있었는데 우리 때문에 서둘러 가는 것 아닌가 하는 생각을 지울 수 없었다.

"아까 봤는데 또 보네. 옥상 열쇠를 가지고 가던데."

"회장 일하랴 공부하랴, 형도 골이 지끈거릴 거야."

"그러게 말이야."

"얼굴이 해골 같잖아. 난 저런 얼굴이 되느니 차라리 공부 같은 거 안 해."

독백하듯 말하는 정배의 말에 문득 예전에 있었던 형과의 일이 떠올랐다.

"저번에 말이야. 체육관에 배드민턴 채를 가지러 갔는데 저 형이 있었어."

체육관에 두고 온 배드민턴 채를 찾아 나가려는 순간이었다. 텅 빈 체육관에서 쿵쿵쿵 벽을 찧는 소리가 들리고 삼선 슬리퍼 바닥을 타고 진동이 전해졌다. 뭐지? 바로 그때 수업 종이 울리고 동시에 소리도 뚝 끊겼다. 매트 뒤쪽에서 누군가 나오는 소리에 얼른 쳐다보았다. 회장 형이었다. 나는 바로 뒤돌아섰다. 금지 구역에 잘못 들어온 것처럼 두근거리는 가슴을 안고 못 본 척 뛰어나갔다.

정배가 대수롭지 않게 말했다.

"체육관에 있는 게 뭐 어때서?"

그런가? 식당이나 운동장에 있는 게 이상하지 않은 것처럼 체육관에 있는 것도 이상할 건 없었다. 내가 하고 싶은 이야기는 그 소리와 그리고…….

"야, 전화나 받아."

엄마였다. 학교에서 벌점을 받았다는 연락을 받은 게 틀림없었다. 또 무슨 소리를 들을지 앞이 깜깜했다.

"에잇, 닭강정이나 먹을걸."

나는 전화기 배터리를 빼 버렸다. 갑자기 허기가 느껴졌다. 나는 닭강정을 쏘겠다며 정배와 같이 내리막길을 내려갔다.

주말에 할아버지한테 들렀다. 두 번째 본 할아버지는 말라비틀어진 과일껍질처럼 쪼그라들어 있었다. 눈빛은 공허했고 목소리는 날벌레의 날갯짓처럼 흩어져 버렸다. 유일하게 남은 건 진통이었다. 침대의 쇠 난간을 부여잡고 몸을 비틀면서 가쁜 숨을 내쉬었다. 할머니는 진땀을 닦아 주려고 수건을 빨고 짜내었다. 어느 한순간 맑고 평온해진 눈으로 나를 뚫어지게 쳐다보기도 했지만 내게 그 눈빛은 낯설고 부담스러웠다.

"첫 시험인데 그날 돌아가시는 건 아니겠지?"

엄마였다.

"그러면 나 시험 못 봐? 안 되는데."

시험 날 제때, 시험을 치르는 일이 무엇보다 중요한 문제가 되었다.

"설마 아빠가 죽을 때까지 그러기야 하겠어. 할아버지가 너를 얼마나 예뻐했는데."

엄마는 할아버지가 내 시험을 망칠 작정을 하지 않은 이상 시험 날은 피해 돌아가실 거라고 믿고 싶어 했다. 하지만 그 믿음이란 것은 비현실적이고 이기적으로만 생각되었다. 아빠는 중간 정산을 하러 할머니와 나갔고 병실에는 나와 엄마만 남아 있었다. 벌써 장례 얘기가 나오고 있어서 엄마는 할아버지를 개의치 않고 이런 이야기를 했다. 예전 같이 버럭 쏘아붙이며 엄마를 내쫓을 할아버지는 이제 없었다.

그러나 할아버지는 복수라도 하듯 엄마와 나의 뒤통수를 한 방 세게 갈겼다. 중간고사를 치는 날 새벽에 눈을 감으신 것이다. 충혈된 엄마의 눈, 흐느낌과 떨리는 입술, 뒤집어 신은 양말 한 짝. 나는 엄마가 할아버지의 딸임을 새삼스럽게 느꼈다.

"시험만 생각해. 다른 건 걱정 말고."

그래도 엄마에게는 내 시험이 먼저였다. 이제 저세상에 가셨으니 그곳에서는 먹고 싶은 걸 마음껏 드실 수 있겠다는 생각이 들었다. 그것이 할아버지에게 드리는 내 마지막 위로였다.

첫 시험은 영어와 한국사였다. 영어 단어와 문장을 달달 외웠고 한국사도 연도별로 훑어 놓았다. 시험 문제만 잘 나와 주면 되었다. 시험이 끝나면 정배와 담배 한 모금을 빨아 물고 정동진으로 가서 해돋이를 보기로 했다. 바닷물에 세린이와의 기억도 씻어버릴 작정이었다.

1교시 영어 듣기 문제에 이어 문법 문제에서 헤매고 있을 때였다.

"화장실 좀 갔다 올게요."

정배가 배를 끌어안고 애걸했다.

"안 돼."

과학 선생님이 단호하게 말했다.

"아, 배 아프다고요. 답지 내고 가면 되잖아요?"

과학 선생님이 미덥지 않은 표정으로 마지못해 갔다 오라고 했다.

나는 헷갈리는 문제에 골몰하고 있었다. 시험 문제 속 꼬부랑 글씨가 셔플 댄스를 췄다. 단어는 모르겠고 문법 문제도 아리송했다. 이건 2번 같기도 하고 3번 같기도 하고. 에라 찍자.

"차정배는 화장실 가서 빠져 죽었나?"

신경질적인 과학 선생님의 목소리가 물수제비를 뜨는 소리처럼 들렸다.

그런데 어디선가 쿵, 소리가 났다. 높은 데서 무언가가 땅에 떨어지는 둔탁한 소리였다. 소리의 크기는 시간과 장소에 따라 상대적으로 들리는 법이다. 시험 시간의 긴장감이 소리의 데시벨을 키웠다. 아이들이 얼굴을 들고 자기만 들은 소리가 아님을 서로 확인하며 웅성댔다. 창가에 있던 애들은 위에서 무언가 떨어지는 소리 같다고 했고 어떤 애는 무언가를 봤다고 했다.

위에서 떨어질 게 뭐가 있어? 열쇠로 잠가 놓은 옥상에는 학교의 온갖 자재들만……. 순간 몸이 얼어붙는 듯했다. 소름이 돋았다. 화장실에 간 정배는 왜 안 오지? 문득 '죽으면 고민도 사라질까?' 하고 묻던 정배가 떠올랐다. 설마, 아닐 거야. 그럴 리가. 근거 없는 몽상을 지우려 머리를 저었다. 애들은 정답을 확인하듯이 "정배가 아직 안 왔잖아?" 하고 이구동성으로 떠들어 댔다.

아수라장이 된 교실 너머 복도에서 서너 명의 선생님들이 심각한 얼굴을 맞대고 의논이란 걸 하고 있었다.

"정배야, 안 돼."

발작적으로 일어나 뛰쳐나가는 나를 과학 선생님이 붙잡았다.

"교실에서 한 발자국도 움직이지 마."

과학 선생님의 엄포 따위가 문제가 아니었다.

"놓으세요. 정배한테 가 봐야 해요. 정배는 화장실에 있을 거예요. 정배가 그럴 리가 없어요."

교실 문을 여는 순간, 복도 끝에서 미끄러지듯이 다가오는 정배가 뿌옇게 보였다. 육체는 저 아래에 떨어져 있고 그의 영혼이 다가오는 것일까? 달려가 끌어안고서 그의 얼굴과 안경을 더듬었다.

"야, 귀신이라도 봤어? 무슨 일이야?"

"야, 너 살아 있지? 너 정배 맞지?"

머리카락을 쥐어 잡고 흔들었다. 정배가 아프다고 손 좀 놓으라며 비명을 질렀다. 내 손아귀에 짧은 머리카락 한 움큼이 뜯겨 있었다.

119 구급차가 운동장을 달려오는 소리가 귀를 파고들었다. 이어서 경찰차 두 대에서 경찰관 세 명이 모자를 벗거나 코를 후비면서 내렸다. 조금 뒤 들것에 실려 가는 누런 천이 내 가슴 깊은 곳에 박혔다.

하지만 그 날은 구급차와 경찰차가 아니라 탱크와 미사일이 교문을 쳐부숴도 교실에 앉아서 시험을 치러야 하는 날이었다. 시험 일정을 바꿀 만한 것은 이 세상 어디에도 없었다.

소요와 혼돈이 쓸고 간 교실에는 시험지를 넘기는 소리와 컴퓨터용 볼펜이 정답을 마크하는 소리만 득실거렸다. 눈을 들어 넋을 놓고 칠판을 올려다보았다. 사각형의 검푸른 칠판이 위압적으로 느껴졌다.

25번 문제까지 풀고서 엎고러졌다. 문득 할아버지 생각이 났다. 눈을 찌푸리고 이맛살을 꿈틀거리면서 내게 하려던 말이 무엇이었을까? 죽음 앞에 선 사람의 마지막 말에 귀를 막고 시험 걱정만 했던 나. 이제 와서 왜 눈물이 핑 돌고 할아버지가 보고 싶지?

1교시 시험이 끝난 뒤 쉬는 시간, 3학년 전교 회장 형이 자살했다는 이야기가 삽시간에 퍼졌다. 시험이 없는 곳으로 가겠다고 쓴 종이쪽지가 주머니에서 나왔고, 떨어질 때의 충격으로 두개골에서 뿜어져 나온 피가 초록색 잔디와 흰 와이셔츠 교복을 흥건하게 적셨다고 했다. 퀭했던 눈. 쿵쿵쿵 소리. 매트 뒤에서 나왔을 때 본, 참치 회처럼 붉었던 형의 이마. 묻히고 묻힌 기억들이 수면 위로 선명하게 떠올랐다. 배고픈데 닭강정 먹을래? 했던 형이랑 영원히 닭강정을 먹을 수 없게 되었다. 살아 있음은 함께 무언가를 먹고 추억하는 것이구나! 나는 이제 학교 앞에서 파는 닭강정을 영원히 먹지 못할 것 같다. 그리고 2교시 시험을 치를 자신도 없었다.

그러나 아무 일도 없듯이 2교시 한국사 시험은 계속되었다. 한 사람이 목숨을 끊었는데도 20분간 시험 시간이 지연된 것 외에는 아무 일도 없었다. 20분이면 무슨 일이 일어나기에 충분한 시간이다. 게임에 접속해 적들을 물리칠 수도, 119 구급차를 멈추게 해 형의 마지막 얼굴을 볼 수도 있다. 또 시험을 관두고 학교 문을 나서 정배와 정동진으로 떠날 수도 있고, 세린이에게 전화해서 미안하다고 빌 수도 있다. 하지만 그 어떤 일도 일어나지 않았다.

그러나 진짜 아무 일도 없는 걸까?

우리들의 사춘기

하나

'사춘기는 뇌에서 시작한다.'

16년 동안 아들을 길렀지만 이런 말은 처음이다. 목소리가 굵어지고 머리칼이 뻣뻣해지더니 한두 개씩 나던 여드름이 무더기로 피고 졌다. 몸이 변하면서 전혀 다른 사람으로 탈피했다. 그런데 이 모든 것들의 시발점이 뇌라고? 뇌에서 보내는 호르몬 때문이라고?

승훈이 엄마, 채은희 씨는 책을 덮으며 이맛살을 찌푸렸다.

아들의 사춘기는 성적표에서 시작되었다. 1학년 기말고사부터 곤두박질치기 시작한 성적은 다시 오르려는 기미조차 없이 바닥을 헤맸다. 닦달하고 잔소리를 할수록 삐뚤어진다는 말에

겁먹고 속만 끓이다가 위염약, 장약, 두통약만 늘어났다.

"엄마 같은 사람 때문에 병원이랑 약국이 잘된다니까."

리모컨으로 장난을 하면서 아들이 하는 말이다.

"엄승훈, 네 방에 들어가서 공부 좀 하지. 낼모레가 시험인데."

곧 아들 방의 문짝이 떨어져 나갈 정도로 흔들렸다. 되바라지고 버릇없는 행동에 속이 쓰리다. 위산이 위벽을 훑으며 지나가고 있으리라. 아들에게 수억 개의 정자 중에서 발탁된 위대한 승리자의 모습은 없다. 지금 겪는 2차 성징도 엄마, 채은희 씨가 없었으면 존재하지도 않았을 것이다.

남편이 회식이라 늦는다고 했다. 설거지를 마치고 드라마를 기다리며 설렌다. 섬광처럼 광고들이 지나갔다. 드라마 주인공 영서가 긴 생머리를 늘어뜨린 채 빨간색 냉장고에 기대서 있다. 냉장고와 여자의 만남은 언제 봐도 만족스럽다. 오늘은 현수와 영서가 만날 수 있을까? 짧은 사랑이었기에 둘의 이별은 애잔하고 가슴 아프다. 아마도 작가는 긴장감을 더욱 고조시키겠지. 시청자의 의무는 그 긴장감을 충분히 즐기는 것이고.

채은희 씨는 이제 자신에게 로맨스 따위는 찾아오지 않으리라는 걸 잘 알고 있다. 전업주부로 남편과 아들의 식단을 짜고 계절이 바뀔 때마다 새 옷으로 갈아입히고 대출금을 갚아 내며 살아온 날들이었다. 뱃살은 지방으로 출렁대고 가슴은 점점 쪼그라들고 화장을 곱게 해 본 적이 언제인지 기억조차 없었다.

아들이 방에서 슬그머니 나와 소파에 앉았다. 왜 들어갈 때처럼 문짝을 부술 듯 나오지 않고? 시청률 42퍼센트를 넘나드는 드라마에 아들이 좋아하는 연예인이 나온다. 이럴 땐 모르는 척 텔레비전 시청을 눈감아 줘야 하겠지만 그러려면 버릇없는 행동에 대해 뉘우치는 모습이라도 보여야 하지 않을까? 자존심이 문제다. 엄마의 자존심은 무시당해도 되는 것이 아니다.

"엄마한테 할 말 없어?"

아들은 곁눈질을 한 번 하고는 엄마 말에 대꾸할 가치조차 없다는 듯 화면만 쳐다볼 뿐이다. 자동차 원격 조종기를 생일 선물로 받고 이 세상에서 엄마가 제일 좋아, 하고 목을 껴안던 아들은 이제 없다. 모두 은희 씨 곁을 떠나고 있다.

드라마는 모자 간의 어색한 분위기를 잠시 소강상태로 빠트린다. 고맙다고 해야 하나! 대화할 틈조차 주지 않는 긴박한 상황들이 빠르게 스쳐 갔다. 사실 채은희 씨가 좋아하는 취향의 드라마는 아니다. 총알이 빗발치고 자동차가 순식간에 불길에 휩싸이는 장면이 드라마의 반을 넘는다. 그래도 눈을 떼지 못하는 이유는 바로 주인공 현수 때문이다.

"빅은 왜 안 나와. 에이씨."

마지막까지 자기가 좋아하는 연예인이 나오지 않았다고 그런다.

"말이 그게 뭐야?"

"내가 뭘?"

아들이 자리를 떴다. 기가 막힌 은희 씨는 신경이 곤두서고 말문이 막힌다.

둘

한 달 넘게 남은 시험이 낼모레라고? 엄마에게 시험 날짜는 4배속의 빠르기로 돌아간다. 그걸 나한테 적용하는 건 억지다. 승훈이는 엄마의 소프라노 톤 목소리에 귀를 막고 싶은 걸 겨우 참았다. 오랜만에 텔레비전 앞에서 게으름을 부리는 건데도 눈치를 봐야 하다니. 승훈이는 문짝이 떨리도록 쾅, 하고 문을 닫았다. 침대에 몸을 던지자마자 이어폰을 꽂았다. 랩 리듬이 어깨와 무릎과 다리로 뻗어 나갔다. 가사 하나하나가 전파처럼 뇌 속으로 흘러들었다.

'독립'이란 가사가 가슴에 꽂혔다. 집은 구속이다. 반대로 바깥은 황홀한 자유다. 십대를 어린이와 성인의 중간쯤이라고 하는데, 어중간한 중간 세대는 싫다. 식물도 때가 되면 씨를 퍼트리려 과감히 엄마 곁을 떠난다. 왜 사람만 중간 지대가 긴지 알다가도 모르겠다.

승훈이는 날마다 가방을 싸는 상상에 빠진다. 크지 않은 배낭에 먼저 치약, 칫솔, 속옷, 양말, 수건, 비누, 샴푸 등 생필품을 넣는다. 티셔츠와 청바지 두 벌 정도를 넣고 만화책과 보물 디브이디를 옷 사이에 끼워 넣는다. 슬리퍼와 점퍼도 넣으면 좋겠지만 배낭이 꽉 차 버린다. 가출생의 가방은 가벼움이 필수다. 무얼 빼지? 샴푸는 비누로 대신하고 옷도 한 벌로 버텨야겠다. 승훈이는 자신이 하루라도 몸을 씻지 않고 옷을 갈아입지 않으면 견디지 못한다는 걸 깨닫는다. 늘 여기에서 가방 싸기는 중단된다. 가출은 시도도 못하고 끝난다.

다시 음악이 귀청을 때렸다.

순간 음경이 불쑥 튀어 올랐다. 요즘 틈만 나면 그렇다. 나름 섹시하다고 여기는 여자를 볼 때는 아무렇지도 않다가 무방비 상태일 때 예측할 수 없이 빵빵한 풍선처럼 부풀었다. 거뭇거뭇 돋아나는 음모 사이를 주무르는데 띠링, 문자가 날아왔다. 초등학교 친구 호진이가 게임에 들어오라고 한다. 학원도 가지 않고 새벽까지 내리 게임을 하는 녀석이다. 호진이 부모님은 밤늦게 들어왔고 들어와서는 쓰러져 자기에 바빴다. 호진이가 영화광이라는 걸 친구인 승훈이는 알아도 호진이 부모님은 몰랐다. 누구는 관심의 빈곤 상태이고, 누구는 관심의 과잉 상태라니 참 불공평한 세상이다.

승훈이는 문을 조심스럽게 열어 컴퓨터가 있는 거실로 나갔다. 컴퓨터까지의 거리가 몇 천 미터처럼 느껴진다. 심리적 거리감은 지금 승훈이와 엄마의 거리보다 더 멀다. 지난 성적이 바닥을 친 뒤 컴퓨터 접근 금지령이 떨어졌다. 아무래도 아직은 아니다. 피시방에라도 가고 싶다.

드라마를 기다리는 엄마의 얼굴은 카카오 함량이 69퍼센트 쯤 되는 초콜릿이라도 음미하는 듯했다. 〈요원〉이라는 드라마에 빠진 엄마는 방금 소프라노 톤으로 트집을 잡던 그 엄마가 아니다. 아빠가 이 상태를 보면 뭐라고 할까?

오래된 장면이 하나 떠올랐다. 어느 날부터인가 소파에서 자는 아빠를 목격했다. 텔레비전이 켜진 거실. 냉전의 신호였다. 승훈이는 이혼을 하면 둘 중 누구와 살지 냉정하게 판단했다. 아빠가 승훈이를 키울 수는 없다. 일에 미친 아빠에게 나와 엄마는 나중이다. 역시 엄마가 편했다. 아빠가 저지른 잘못이 불륜일 가능성이 많았다. 모른 척해도 다투는 소리에 여자, 여자란 말이 계속 들렸다.

그것에 대한 복수로 지금 엄마가? 찌질한 엄마. 승훈이는 아빠가 엄마를 버리면 자신이 엄마를 지키는 기사도를 발휘해야 한다고 생각했다.

'쳇, 엄마는 그것도 모르고.'

드라마는 승훈이와 엄마의 사이를 잠시 잠잠하게 놔둔다. 끝으로 향하고 있는 드라마. 승훈이는 킬러로 나오는 빅이 나오지 않자 투덜거렸다. 그러자 엄마가 "말이 그게 뭐야?" 하며 발끈 성질을 냈다. 열이 받아 일어나 버렸다. 고름이 잡힌 여드름을 짤 때처럼 신경질이 났다.

셋

수요일 아침마다 은희 씨는 구민 체육센터에 가서 요가를 한다. 온몸이 땀에 젖도록 요가를 해도 아직 몸무게에는 변함이 없지만 그래도 끊지 못하는 건 불편했던 속이 한결 가벼워졌기 때문이다. 고양이 자세와 활 자세를 할 때면 어깨와 무릎에서 뚝뚝 뼈마디 소리가 났다. 그때마다 날씬하고 젊은 삼십대 여자들 틈에서 빠져나오고 싶었다.

수업이 끝나자마자 도망치듯 나오려는데 누군가가 다가왔다.

"혹시 연초 중학교 3학년 3반 어머니 아니세요?"

땀방울이 스민 촉촉한 피부의 여자였다. 목욕탕에서 방금 나와서 누군가를 만났을 때는 서로 모른 척 해 주는 게 예의다. 친한 척 다가오는 이 사람은 학부모 회의 때 만난 듯했다. 알고 보니 회장 엄마란다. 이목구비가 뚜렷하고 허리 라인이 살아 있는 여자는 꽤나 외모를 가꿔온 듯하다. 학부모 회의 때 한 번 얼굴을 비쳤을 뿐인데 알은체를 하는 게 귀찮았다. 언젠가 회장 선거를 했다고 해서 아들에게 어떤 애가 회장이 되었는지 물었던 적이 있다.

"밥맛없는 애가 됐어."

"어째서?"

아들이 밥맛없다고 하는 애는 분명 잘난 아이가 틀림없다. 아들이 싫어하는 유형은 반대로 엄마들이 좋아하는 유형이다.

"공부 잘한다고 뻐기고 자기가 뭐 영화배우 이상우 닮았다고 자뻑이 심해. 자기 기분 안 좋으면 괜히 애들한테 트집이나 잡아."

아들의 말 때문인지 은희 씨가 보기에도 잘난 척이 이만저만이 아니다. 요가 예찬론을 설파한다. 이 여자는 승훈이를 알기나 할까? 아무리 같은 반이라도 아이들끼리 친하지 않으면 그 엄마와의 관계가 형성되지 않는다.

"승훈 엄마라고 했죠? 우리 아들한테서 들어 본 것도 같은데…… 혹시 얌전하고 말 없는 친구? 약간 입이 크고."

정확하게 기억하는 것이 반갑지만은 않다. 얌전하고 말 없는 친구에 입까지 크다니? 뭐 하나 똑 부러지게 잘하는 게 없는 것이 자신을 닮아서 그런 것 같아 순간 아들한테 미안하다. 차라리 아빠를 닮았으면 사회성이나 말발이라도 있을 텐데.

이 여자는 자기 아들 자랑을 늘어놓고 싶어 입이 간질간질한 게 분명하다. 한 번 거들어 줘야겠다.

"어떻게 하면 회장 아들을 둘 수 있어요?"

"호호호, 초등학교 때부터 회장을 한 번도 놓친 적이 없어요. 욕심도 타고나나 봐요. 저번 중간고사 때, 자라고 해도 밤새워 공부를 하는데 어찌나 안쓰럽던지……. 요즘 애들은 우리 때랑 확실히 달라요. 공부를 안 하면 출세할 길이 없다는 걸 다 안다니까요. 이번에 한약 두 재 해 주고 자기가 좋아하는 메이커 신발 안겨 줬더니 얼마나 좋아하던지."

자식 자랑을 하며 은근히 자신의 경제력까지 과시한다. 쓴웃음이 나온다. 공부를 좋아서 하는 아이란 결코 없다. 그렇게 착각하는 엄마가 있을 뿐이지. 솔직하지 못한 회장 엄마의 가식이

역겹다.

"우리 집이 바로 조기 아파트인데 가서 커피 한 잔 할래요?"
할 때 안 되겠다 싶었다. 숨이 막혔다.

"오늘따라 약속이 있어서요. 백화점에서 친구를 만나기로 했
거든요."

할인 마트에서 한꺼번에 장을 보는 게 부릴 수 있는 사치의
하나였다. 어쩔 때는 그것도 부담스러워 근처 재래시장을 다녔
다. 그런데 웬 백화점? 이번에는 자신에게 쓴웃음이 나왔다.

여전히 붙잡고 수다를 떨고 싶어 안달하는 여자를 뒤로 하고
은희 씨는 회관 문을 열었다. 새로운 만남 앞에 서면 은희 씨는
뒤로 물러났다. 쉬운 사람은 쉽게 멀어지고, 오래된 사람조차
도 은희 씨 곁을 떠나갔다. 남편이 한 번 그러했고, 아들도 품
안의 자식에서 벗어나려고 발버둥을 치고 있었다. 은희 씨는 빈
둥지가 될 여느 날에 벌써부터 가슴이 서늘해졌다.

집으로 오는 내내 회장 엄마의 외모가 아른거렸다. 시장에서
이것저것 반찬거리를 사면서도 무얼 사고 돈을 치렀는지 알지
못했다. 점심에 옆집 엄마, 위층 엄마와 잔치 국수를 말아 먹기
로 했는데 막상 사온 것들 중에 국수는 빠져 있었다.

급히 국수를 사와 삶는데 두 엄마가 오늘따라 급한 약속이
있다고 못 오겠다고 했다. 가스 불을 끄며 전화기에 대고 '그래,
알았어. 할 수 없지 뭐.'라고만 말한 자신이 바보 같았다. 은희

씨는 적시적지에 말과 감정을 정확하게 분출하지 못했다. 그래 놓고 나중에 곱씹으며 후회하곤 했다. 남편에게 여자가 생겼다는 사실을 알고 화를 냈지만 정말 하고 싶은 말이었던 이혼이라는 단어는 입 밖에 내지 못했다. 아니 꺼내지도 못했다.

"정말 승훈이 때문이었어?"

덜 삶아진 국수를 쓰레기통에 버리면서 혼잣말을 했다. 아들 때문에 이혼이 금기어가 되었다고 믿어 왔지만 요즘은 문득 아닐 수도 있다는 생각이 들었다.

그 뒤로 은희 씨는 가방 싸는 상상을 하곤 했다. 트렁크에 옷과 화장품 그리고 레시피가 적힌 수첩과 요리책을 담아 기차나 배를 타는 상상. 하지만 상상 속 기차나 배가 빵빵 경적을 울리는 순간 은희 씨는 허둥지둥 가방을 들고 내렸다. 내일이 승훈이 생일인데 미역국이나 끓여 주자, 요즘 남편이 피곤해하는데 좋아하는 대구탕이라도 끓여 놔야지? 은희 씨의 발걸음은 어느새 시장으로 가고 있었다. 그러나 미역을 물에 불리고 소고기를 해동시키면서 다시 한숨을 내쉬었다.

당장 오늘 저녁은 뭘 하지? 끼니때마다 은희 씨는 가슴이 답답해 온다. 오랜만에 자신이 좋아하는 비지찌개나 할까 생각하다가 이내 고개를 젓는다.

그때 전화벨이 울렸다. 새미 엄마일지도 모른다. 어제부터 전화로 곗돈 타는 순번을 바꾸자고 재촉해 왔기 때문이다. 은희 씨도 돈이 급한 건 마찬가지다.

"거기 승훈이네 집이지요?"

놀랍게도 전화는 학교 담임 선생님이다.

넷

과학 시간이 끝난 뒤, 근질근질한 몸을 음악으로 풀고 있었다. 승훈이는 이어폰이 없다면 개의 눈으로 세상을 보는 것처럼 단조롭다 못해 따분할 거라는 생각을 했다. 절친인 정수랑 이어폰으로 랩을 듣고 있으면 회색과 검정색의 교실이 빨강, 파랑, 노랑의 유채색으로 변한다. 볼륨을 높인다. 소음을 차단하고 음악에 빠진다. 귀는 음악에 집중했고, 눈은 네모난 교실에 있는 아이들을 훑는다.

반 아이들 중에 유난히 작은 경규가 엎어져 있었다. 교복이라는 자루에 들어간 듯 작고 왜소하다. 회장이 칠판 앞을 어슬렁거렸다. 교복 바지가 유난히 반듯하다. 어느 날 하품하는 승훈이를 보고 네 입으로는 사자 머리도 들어가겠다, 하면서 비아냥거리던 녀석. 차가운 물을 뒤집어쓴 듯한 그날의 기분이 다시 떠오른다. 유전자의 기억이다. 거울 속에서 여드름 번진 얼굴보다 돌출된 입을 확인하는 것이 더 가슴 아프다. 사람의 약점을 꼭 짚어 내는 능력의 소유자, 회장.

그때 엎드려 있는 경규의 등짝을 갈기는 손이 있었다.

악어처럼 단단한 손 때문에 '악어'라는 별명이 붙은 광찬이다. 눈초리가 독살스럽고 사나워 교실의 무법자로 통한다. 모두가 악어 곁을 피하기 때문에 악어는 직접 먹잇감을 찾으러 다녔다. 아무래도 이번에는 경규를 먹잇감으로 삼은 것 같다.

경규는 계속 저항의 몸짓이다. 이어폰에서 울리는 절규에 찬 노래가 마치 경규의 배경 음악 같다. 근처에 있던 회장이 다가와 무어라 말하고 있다. 아마도 하지 말라는, 그만 괴롭히라는 말이겠지? 사실 경규와 악어는 친구가 없다는 공통점이 있다. 경규는 미움보다 동정을 사고, 악어는 동정도 연민도 아닌 경계의 대상이라는 점이 달랐지만 말이다.

승훈이는 둘의 연극 무대에 끼고 싶지 않았다. 어느 어스름한 새벽 눈이 떠져 서늘한 바람을 맞으며 문득 나는 누구인가? 하고 물은 적이 있었다. 황당했다. 누구에게 한 번도 해 본 적 없고 들어 본 적 없는 질문이었다. 내가 누구지? 랩에서는 너 자신을 사랑하니? 하고 묻고 있다. 고개를 끄덕끄덕했다. 정수가 와락 어깨를 걸며 뽀뽀를 하려고 해서 얼굴을 밀어 버렸다.

경규와 악어의 연극은 절정을 향해 달리고 있었다.

"야, 너 진짜 죽을래!"

악어의 목소리가 전자 기타 소리를 비집고 내 귓속으로 들어왔다. 승훈이는 자기도 모르게 이어폰을 뺐다. 멱살을 잡힌 경규의 낯빛이 파래졌다. 그때 회장이 끼어들었다.

"악어 말대로 해. 그까짓 게 뭐라고. 한 번만 빌려 줘."

회장의 능글거림이 매스꺼웠다.

"싫어. 내 점퍼를 왜 네가 입는다고 해!"

경규는 머리를 도리질하며 악다구니를 썼다.

이어폰 밖으로 터질 듯 나오는 랩보다 연극의 장면이 승훈이를 더 미치게 했다.

악어는 꼬리를 파닥이듯 주먹으로 책상을 내리쳤다. 그러고는 순식간에 경규의 의자 뒤에 걸쳐져 있는 점퍼를 커터칼로 푹 찔렀다. NIKE 로고가 한 번, 두 번 비명을 지르듯이 찢겨졌다. 오리털 점퍼의 속살이 드러나고 뒤이어 깃털들이 하얗게 떠올랐다. 악어의 얼굴과 손에도 금세 흰 깃털들이 달려들었다. 떠오른 털들이 온 교실을 누비고 다녔다.

승훈이는 책상 두 개를 밀치고 달렸다. 타이밍이 늦었나? 아니야, 늦었다고 생각할 때가 제일 빠르다고 했어. 이제 연극의 주인공은 승훈이였다. 커터칼을 쥐고 있는 악어의 손을 종잇장처럼 비틀었다. 뿌드득 뼈 돌아가는 소리와 날카로운 비명이 메아리쳤다.

교실은 아수라장이 되었다. 뒤이어 이제 어지간해서는 놀라지도 않는 선생님이 눈에 불을 켠 채 교실로 들어왔다.

"웬 난리야. 너희들 영화 찍어? 어?"

선생님의 머리와 입술 위로도 깃털이 날아와 앉았다. 선생님이 귀찮은 듯 깃털을 후 불자 깃털은 반동으로 살짝 떠오르다 교실 바닥으로 가라앉았다.

선생님이 교실에 들어오면 모든 사건은 종결되기 마련이다. 하지만 경규는 아직 막이 내려가지 않았음을 몸으로 표현했다. 머리끝까지 화가 난 경규가 악어한테 주먹을 뻗는가 싶었다. 그러나 주먹이 꽂힌 곳은 유리창이었다.

와장창.

경규의 밤톨만 한 손이 유리창을 종잇조각처럼 박살냈다. 모두가 넋을 잃었다. 경규 손에서 쏟아지는 붉은 피와 비명 그리고 정적만이 교실을 가득 메웠다.

모든 게 영화의 한 장면처럼 비현실적으로 느껴졌다. 점퍼에서 나온 하얀 깃털이 흩날릴수록 더욱 그랬다.

다섯

아들의 폭력으로 학교에 가다니 은희 씨는 믿을 수가 없었다. 인정하고 싶지 않았다. 은희 씨가 자랄 때 부모님 호출은 불량한 소수의 아이들에게니 벌어지는 일이다. 그저 평범한 아들을 둔 자신한테 이런 일이 일어나다니 선생님 앞에서도 수긍이 안 되었다.

"팔목이 심하게 뼜어요. 승훈이 어머니께서 한 번 광찬이 어머니를 만나 보시는 게 어떨까요?"

선생님 눈을 똑바로 볼 수기 없었디.

괴롭힘당하는 아이를 도와주다가 생긴 일이니 너무 혼내지

말라고 했다. 선생님 말을 그나마 위로 삼았다. 인생이 연극이
라고 치면 악역은 아니라는 것이다.

'순수하니까, 그 나이가 아니면 언제 그러겠어. 당하는 친구
를 모른 척하는 것보다는 낫지 뭘.'

선생님께 고개 숙여 사과하고 나온 뒤 운동장 벤치에 앉아서
전화를 걸었다.

"얼마나 놀라셨어요? 저희가 치료비는 다 보상할 테니 걱정
말고 치료하세요."

어째 말이 그렇다. 치료비를 보상하면 도덕적으로 전혀 무리
가 없는 것처럼 들릴 수도 있겠다. 마음은 그게 아닌데.

긴 한숨 뒤로 지친 목소리가 수화기를 타고 들렸다.

"그깟 치료비는 필요 없어요."

깐깐하기가 이를 데 없다. 속이 쓰라리다.

"아니에요. 우리 아들이 팔을 부러뜨렸는데 당연히 보상해야
죠."

"필요 없다니까요. 누가 치료비 해 달랬어요?"

그러고는 기다렸다는 듯이 본격적으로 쏟아붓는다.

남편은 해외 출장이 잦고, 자신은 대학 강사라 바쁜 관계로
애를 엄하게 훈육했단다. 사고 싶은 거나 입고 싶은 걸 원하는
대로 안 사줬는데, 주위 아이들이 비싼 점퍼와 신발을 신고 다
니면서 견물생심을 자극해 자신의 아이가 삐뚤어졌단다. 요즘
부모들이 무턱 대고 아이들이 해 달라는 걸 다 해 주는 바람에

자신들처럼 확고한 의지를 가지고 교육시키는 사람들이 피해를 본단다.

"이번 일로 우리 애가 입은 정신적 트라우마는 어떻게 할 건데요? 그깟 치료비만 해 주면 단가요?"

아들이 그렇게 된 게 은희 씨 탓 마냥 성을 낸다.

"경규라는 아이가 입은 상처는 어떻게 하실 건가요?"

은희 씨는 묻지 않을 수가 없었다.

"지금 길게 통화 못해요. 다시 전화하지 마세요."

일방적으로 전화가 뚝 끊겼다.

경규는 스무 바늘을 꿰매고 학교에 오지 않는다고 했다. 가장 큰 충격을 입은 피해자는 경규였다. 상처, 상처 하면서 자기 자식의 상처만 보는 사람이었다.

은희 씨 또한 이번 일로 아들에게 상처를 주고 말았다. 은희 씨는 악어 엄마와 다를 바 없이 자식 앞에서 자제력을 상실했다. 아들에게 했던 말들 하나하나가 칼끝처럼 날카롭게 되돌아와 쑤셔 댔다. 그날 학교에서 오자마자 책가방을 내려놓을 틈도 주지 않고 소리부터 질렀다.

"공부도 못하면서 쌈질이나 하고. 너 그래 가지고 대학이나 들어가겠어?"

"엄마는 뭐 좋은 대학 나왔어? 아빠는 어떻고. 내가 뭘 어쨌다고 나한테 그래."

아들도 지지 않았다.

역시나 시작과 끝이 공부였다. 이미 결론이 난 것처럼 아들의 인생을 재단하고 말았다. 그게 아닌데 말이다. 공부가 전부는 아니지만 이 사회 구조가 그러니 누구도 피해갈 수 없음을 말하고 싶었는데.

"너도 아빠처럼 살고 싶어서 그래?"

"몰라. 모른단 말이야. 나 집 나가 버릴 거야."

궁지에 몰린 듯 아들이 외쳤다.

"나는 너 때문에 사는데, 뭐? 집을 나가겠다고? 그래, 나가 봐. 엄마도 나갈 테니까."

숨이 막히고 눈물이 솟구쳤다. 왜 그리 서글펐는지 모르겠다. 단지 반항심에 집을 나가겠다고 내뱉은 건데 왜 격한 감정에 휩싸였을까? 감정을 분출한 자신이 부끄러웠다. 다시 며칠 전으로 돌아갈 수만 있다면 예전처럼 그저 잔소리나 하는 시끄러운 엄마로 있고 싶었다.

운동장에는 축구공을 차는 아이들이 몇 있을 뿐 거의 텅 비어 있었다. 모래를 밟으며 학교 정문을 빠져나왔다. 정문 앞을 나오자마자 낯익은 얼굴이 눈에 들어왔다. 회장 엄마가 흰 이를 보이며 다른 엄마와 웃고 있었다. 순간적으로 은희 씨는 얼른 고개를 숙이고 반대 골목으로 도망치듯 걸었다. 집과는 반대 방향이었다. 돌아서 가면 그만이었다. 횡단보도를 건너려고 서 있는데 버스 정류장에 빨간 버스 한 대가 미끄러지듯 다가왔다.

문이 열리고 한 사람이 내렸다. 신호등에 걸린 버스가 은희 씨에게 어서 타라고 말하는 것 같았다. 문이 닫히려는 순간 은희 씨는 버스로 뛰어갔다. 왜 그랬는지는 설명할 길이 없었다. 자리에 앉아 핸드백을 끌어안고서 가쁜 숨을 내쉬었다. 벨을 눌러 다음 버스 정류장에서 세워 달라고 할 수도 있었다. 하지만 이왕 이렇게 된 거 이 버스의 종점까지만 갔다 오자는 생각이 들었다. 은희 씨는 하염없이 창밖만 바라보았다.

여섯

"이번 주에 못 온다며 어떻게 왔냐?"

호진이가 반가워하며 희고 통통한 얼굴에 짓궂은 웃음을 띠었다.

"내가 누구냐?"

"너희 엄마 좀 어때?"

"응. 이제 괜찮아."

승훈이는 짐짓 웃으며 말했다.

드럼과 기타 반주 소리가 엇박자로 놀고 애들이 부르는 찬송가는 악마가 떠들어 대듯 귀청을 따갑게 했다. 승훈이는 일요일마다 호진이와 교회 친구들을 만났다. 교회에 들르는 건 순전히 친구들을 만나기 위한 수단이었다.

집에 돌아온 엄마는 괜찮은 걸까? 오늘따라 드럼 소리가 귀에 거슬렸다. 겉보기에는 아무렇지도 않았다. 그런데 겉만 보아서는 알 수 없었다. 보이는 것이 전부는 아닌 것 같았다. 회장이 비겁하게 악어 편에 서서 경규를 화나게 할 줄은 몰랐다. 또 악어의 폭력성이 엄격한 부모 탓이라는 것 역시 짐작도 못했다.

중학생 여자아이들이 두 손을 모은 채 눈을 감고서 찬송가를 불렀다. 며칠 전까지만 해도 승훈이 또한 엄마의 무사귀환을 기도했었다.

집이 깜깜해서 승훈이는 깜짝 놀랐다. 엄마가 자신 때문에 화가 많이 나서 친구들을 만나고 늦게 들어오려는 모양이다 했다. 그러나 이런 무방비를 비웃듯 엄마는 밤이 깊도록 전화도 안 받고 연락도 없었다. 24시간 머무는 엄마의 든든한 성을 비우고 어디로 간 걸까? 있을 만한 곳이 어딜까? 이모 댁과 할머니 댁에는 결코 가지 않으리라는 판단이 섰다. 누군가에게 떠벌리고 호들갑을 떠는 스타일이 아니었다. 그게 오히려 불안했다.

"요즘 엄마 이상한 점 없었어?"

아빠가 저녁으로 시킨 자장면을 쑤셔 넣으며 물었다. 억지로 집어넣다 보니 자꾸 흘러 식탁에 자장면 얼룩이 생겼다. 승훈이는 흘리지 않으려고 천천히 먹었다. 그러면 늦게라도 들어온 엄마가 깨끗한 식탁을 보고 좋아할지도 몰랐다.

"아니."

드라마에 빠졌다는 것 외에는 아는 바가 없었다. 오히려 속속들이 알아야 할 사람은 아빠가 아닌가? 아빠는 일부러 태연한 척하는 건지 아니면 정말로 아무렇지도 않은 건지 알 수가 없었다. 엄마가 나 때문에 집까지 나가지는 않을 것이다. 그날 집을 나가겠다고 악을 쓴 것이 걸리기는 했지만 그것 때문이 아니기를 바랐다.

아빠는 옆집 아주머니와 위층 아주머니를 만난 뒤에도 실마리를 찾지 못하자 괜한 서랍들을 뒤적거렸다. 옷장, 서랍장, 신발장까지 열었다 젖히며 엄마를 찾기 위해서는 어떠한 미션도 감당하겠다는 의지를 보였다. 엄마의 학교 친구들 중에서 아는 사람 두어 명이 간추려졌지만 아무 소용없었다. 내 휴대 전화와 아빠 휴대 전화는 배터리 없는 전화기처럼 무용지물이었다. 서랍에서 조그마한 수첩 하나가 나오자 아빠는 순간 물증을 찾은 셜록 홈즈처럼 입가에 의미심장한 미소를 지었다. 그러나 거기에는 쓰잘머리 없는 것들만 있었다. 그저 전화벨이 울리기를 기다리는 방법밖에 없었다. 승훈이는 오지 않는 잠을 포기하고 지그마한 수첩을 뒤적거렸다.

자장덮밥, 닭고기덮밥, 생선가츠동, 꼬마김밥, 연어롤밥
돼지고기우엉말이, 모둠피클
전복스파게티, 엄마손소시지구이, 단호박해물떡볶이, 토마토
감자샐러드

연어스테이크, 함박스테이크, 파인소스새우구이

바나나크레이프, 팬케이크, 블루베리찰떡구이, 스위트닭꼬치구이

들어본 적 없는 요리들이 두서없이 나열되어 있었다. 엄마가 만들어 준 새우파프리카볶음, 연어롤밥 같은 요리도 간혹 있었지만 생소한 이름들이 깨알같이 더 많았다. 다음 장부터는 번호를 매긴 레시피들이 정성스럽게 쓰여 있었다. 학원 한번 다니지 않고 요리책이나 인터넷을 보고 요리를 독학한 엄마가 이토록 요리에 꽂힌 줄은 몰랐다. 이따위 수첩이 무슨 소용이야? 그러나 함부로 팽개칠 수는 없었다.

그러고 보니 요즘 엄마는 부엌에 있지 않았다. 요리책을 넘기며 밀가루, 계란, 야채, 고기들을 흩트려 놓지도 않았고 주말에 스페셜 요리를 만들지도 않았다. 제일 먼저 승훈이에게 한 입을 주며 "맛있어?" 하고 묻는 일도 없었다. 엄마가 그럴 때면 승훈이는 마지못해 "맛있어, 최고야."라고 입에 발린 말을 하곤 했다. 한때 엄마는 오븐을 사 달라고 승훈이를 졸랐다. 몇 백만 원 하는 고가의 오븐은 매직을 부린다고 했다. 아빠한테 말 좀 해 달라고 했지만 승훈이는 들은 체도 안했다. 승훈이는 당장 아빠한테 엄마가 오븐을 갖고 싶어 했다는 말을 하고 싶었다. 아빠는 소파에서 자고 있었다.

"아빠!"

승훈이는 아빠를 흔들었다. 아빠가 놀라 눈을 떴다.

"무슨 일이야? 엄마한테 전화 왔어?"

승훈이는 아니라고 말한 다음에 "엄마가 오븐을 갖고 싶어 했어."라고 말했다.

"아빠도 알아."

승훈이는 괜히 무안해져서 자기 방으로 들어갔다.

"야, 뭐해. 빨리 우리 집에나 가자."

호진이의 말에 승훈이는 문득 생각에서 깨어났다.

모두 손을 모아 기도 중인데 호진이가 빨리 나가자고 옷깃을 잡아당겼다. 영주도 승훈이 뒤를 말없이 따라 나왔다.

승훈이는 이제 실컷 게임의 바다에 빠질 수 있다. 일주일 만에 온 호진이네 집은 변함없이 과자 봉지와 라면 그릇, 양말, 먹다 만 밥그릇으로 엉망진창이나. 거기다가 화장실 문 앞에는 노르스름한 물이 번진 사각팬티까지 널려 있다.

"참 한심하다."

영주가 한마디 했다.

"야, 영화 한판 때리자."

호진이는 아랑곳 않고 비디오방에서 빌려온 디브이디를 흔들어댔다.

"〈웰컴 투 동막골〉? 야, 누가 이딴 걸 봐. 그냥 게임해."

영주가 컴퓨터를 켰다. 승훈이도 벌써 몇 년이나 된, 이름도 낯선 영화가 당기지 않았다. 그런데 호진이의 한마디에 관심이 쏠렸다.

"승훈아, 너희 반에서 오리털 날렸을 때랑 똑같은 장면이 여기에 나와."

"오리털 날리던 때?"

"그래. 롤랑 조폐 감독의 〈미션〉이랑도 오버랩 되고, 팀 버튼 감독의 〈가위손〉이랑도 비슷해. 마지막 장면에서 옥수수가 수류탄에 터져 팝콘처럼 흩날리는데 압권이야."

호진이가 권하는 영화가 항상 재미있는 건 아니다. 보다 말고 게임을 한 적도 많다. 이번에도 그럴지 모른다. 영주는 잔뜩 인상을 찌푸린 채 컴퓨터에서 물러나고 있었다. 영화를 보자는 호진이의 제안은 승훈이의 호응만 있으면 되었다.

셋은 과자 봉투에 손을 넣었다 빼며 영화를 보았다. 헛간에서 팝콘이 터지자 승훈이는 머리 위로 그날처럼 오리털이 날리는 듯했다. 팝콘이 꽃봉오리처럼 피어나는 영화 속 장면이 아름답고 재미있다면 오리털이 날리던 교실은 슬프고 무거웠다.

영화가 끝나고 손가락 운동을 할 시간이었다. 승훈이에게 일요일의 귀한 시간이 얼마 남지 않았다. 호진이는 바지를 내리면서 화장실로 뛰어가고 영주가 먼저 게임을 시작했다. 별안간 드륵드륵 진동이 울렸다.

"야, 전화."

호진이는 거북이처럼 느릿느릿 걸어와 전화를 받았다.

"엄마, 왜?"

잠시 뒤 호진이가 풀썩 주저앉았다.

"뭐? 아빠가 교통사고가 났다고?"

호진이의 목소리가 낯설었다.

"엄마, 어떡해."

뭐라고 물어볼 틈조차 없었다. 통통한 호진이의 얼굴이 눈물, 콧물로 뒤범벅되었다. 게임을 중단한 승훈이와 영주는 말없이 앉아서 호진이를 위로했다.

조금 진정이 됐는지 호진이가 입을 열었다. 지방을 가던 아빠의 트럭이 전복되어 아빠가 병원에 실려 갔다고 했다. 엄마가 병원으로 가는 중이고 오늘 밤 혼자 있어야 한다고 했다.

"나 어떻게 혼자 있지? 응?"

그때 영주가 엄마의 호출을 받았다.

"미안해. 나 먼저 갈게."

"승훈이 너도 갈 거지?"

"니는 좀 더 있다 갈게. 너희 엄미한데서 전화 올 때끼지 있을게."

"우리 아빠 어떻게 되는 건 아니겠지?"

"많이 다치셨대?"

"그런 것 같아. 영화에서 주인공에게는 항상 시련이 있어. 그래서 난 주인공을 도와주는 조연이 좋다니까. 아, 제발."

호진이는 두 손을 잡고 발을 동동 굴렸다.

"혼자 있는 건 정말 싫어. 나는 한숨도 못 잘 거야."

급기야 얼굴에 핏기가 사라졌다.

"승훈아, 너도 가야 되지?"

휴대 전화 시계는 벌써 일곱 시를 넘기고 있었다. 가야 할 시간을 넘겼다. 30분쯤 지나자 바로 엄마한테서 전화가 왔다.

"어디야?"

엄마는 기운이 하나도 없었다. 집에 돌아온, 다음 날의 점심 무렵처럼 엄마의 목소리에서는 여전히 아무런 의욕도 느껴지지 않았다. 원래 엄마에게는 의지나 욕심이 없는 식물 같은 느낌이 있었던 것 같기도 했다. 돌아온 뒤 계속 잠만 자나 싶더니 엄마는 곧장 부엌으로 들어갔다. 부엌에 있는 엄마는 물기를 먹고 다시 숨을 쉬는 식물 같았다. 승훈이도 비로소 마음이 놓였다.

"지금 갈게."

승훈이는 전화를 끊고 점퍼를 움켜쥐고 일어났다. 그러자 호진이가 징징대고 울먹거리며 가지 말라고 했다.

"승훈아, 가지 마. 나 무서워."

"안 돼, 엄마가 빨리 오래."

"승훈아, 제발. 제발, 응?"

일곱

밤이 깊었는데 아들은 아무 소식이 없었다.

"엄마, 호진이네 아빠가 교통사고가 났어. 오늘 여기서 자고 갈게. 자고 가도 되지?"

아들의 목소리는 다급했다. 하지만 그 다급함보다 친구 집에서 자고 오겠다는 아들의 상황을 밀어내려는 은희 씨의 의지가 더 컸다.

"네가 옆에 있는다고 뭐라 달라져. 안 돼, 그냥 들어와."

아들이 거짓말을 하고 있다는 생각이 앞섰다. 이런 식으로 외박을, 아니 가출을 하는 것인지도 몰랐다.

창밖이 어둑어둑해질수록 불안감이 밀려왔다. 남편은 무뚝뚝한 표정으로 텔레비전을 보고 있었다. 텔레비전 불빛에 얼굴 명암이 바뀔 때마다 순간순간 낯선 사람처럼 보였다. 피곤해 보였고 긴장감이 서려 있었다.

"오븐 하나 주문했어. 제일 좋은 걸로."

은희 씨가 집에 들어오고 이틀 뒤에 남편이 한 말이다. 부엌에서 바지락을 넣은 시금치 된장국을 끓이고 있을 때였다. 압력솥은 칙칙 김을 토해 냈다. 여느 날과 다를 것 없는 아침.

"고마워. 걱정시켜 미안해."

"사춘기 어린애도 아니고, 승훈이 조금 있으면 고등학생이야."

그 말은 은희 씨의 모성을 폄하하는 말처럼 들렸다.

'이게 아닌데.'

자꾸 속에서 맴도는 말들. 하지만 은희 씨조차 무엇이 아닌지, 원하는 게 무엇인지 정확히 알지 못했다. 그저 답답하고 답답해서 토해 내고 싶은데 헛구역질만 하는 기분이었다.

버스에서 내린 곳은 낯설었다. 나침반이 남과 북을 찾으려 수초 동안 흔들리듯 은희 씨도 서 있는 곳의 정체를 헤아리려고 몸을 떨었다. 여기가 어디지? 이대로 길을 잃어 집으로 돌아가지 못할 것 같았다. 여섯 살, 길고 좁은 시장 골목에서 엄마 치맛자락을 놓쳤을 때의 절망감이 밀어닥쳤다. 다시 돌아갈 버스를 기다리며 커피 한 잔을 뽑아 마셨다.

"기사 아저씨, 언제 떠나요?"

기사는 30분만 기다리면 막차가 출발한다고 했다. 은희 씨는 휴대 전화 배터리가 충분하지 않은 데다 아들이 돌아올 시간임을 알고 불안해졌다. 어둑해진 풍경 너머로 좁은 산자락과 마을이 눈에 들어왔다. 배터리가 마지막 신호음을 남기며 꺼지자 은희 씨는 순간 그토록 원하던 혼자가 되었다는 사실을 실감했다. 낯선 곳에 떨어졌다는 두려움보다는 가방을 싸던 그 순간의 설레임과 맞닥뜨린 것이 먼저였다. 그대로 떠나 버리고 싶은 마음이 간절했다.

'버스를 탔을 때부터 이미 떠나고 싶었던 거야.'

둔기로 맞은 듯한 깨달음에 온몸이 떨렸다. 은희 씨는 스스로를 의지대로 내버려 두기로 했다. 저벅저벅 걸어서 마을로 걸어 들어갔다. 낯선 곳에서 하룻밤을 보내기로 결심하자 온몸에서 새로운 감흥이 솟구쳤다.

"당신이 그러니까 걔도 그 모양이잖아. 엄마가 바로 서야 애가 바로 선다는 말이 틀린 말이 아니라니까."

텔레비전을 보다가 남편이 아픈 말을 내뱉는다. 차가 끊기고 휴대 전화도 불통이었다고 둘러 대는 은희 씨를 남편은 비교적 담담하게 받아들였다. 참을성을 발휘하고 이성을 붙잡으려고 안간힘을 쓰는 것이 보였다. 결국에는 이런 식으로 비난하려고 했나 보다. 아들을 핑계 삼아 노골적으로 까는 남편에게 할 말이 없는 건 아니다. 하지만 지금은 집에 들어오지 않는 아들이 더 큰 걱정이었다.

은희 씨는 서성거림을 멈췄다.

"친구가 울면서 가지 말라고 한대. 내일이 개교기념일이니까 자기도 생각이 있어서 그런 거라고."

은희 씨는 꼭 이런 식으로 아들 편에 서서 말을 했다.

"그 말을 믿어? 내일이 개교기념일이니까 친구들하고 놀고 싶어서 그런 거지. 당신도 참 순진하다."

순진하다는 마지막 단어가 거슬렸지만 사실 은희 씨도 남편과 같은 생각이었다. 뜬금없이 친구 아빠가 교통사고를 당했다며 안 들어오겠다고 통보하는 아들 말이 믿어지지 않았다. 아들은 "엄마, 나를 그렇게 못 믿어? 어떻게 하면 내 말을 믿는데? 어?" 하며 분노 섞인 말을 쏘아 대다 전화를 뚝 끊어 버렸다. 그러고는 더 이상 통화가 되지 않았다. 통화 버튼을 몇 번이나 눌렀지만 전화기가 꺼져 있다는 목소리만 들렸다.

"아들을 믿어야지, 그럼 누굴 믿어."

은희 씨도 버럭 소리를 질렀다.

"믿을 놈이 따로 있지. 학교에서 난리나 부리는 놈을 어떻게 믿어. 자꾸 걔 역성만 들지 말아. 이번에 집에 안 들어오면 다리몽둥이를 분질러 버릴 테야."

밤새 잠을 못 잤다. 세 살짜리, 두 살짜리 딸이 있는 마을의 젊은 부부에게 구멍가게 옆방을 빌려 웅크리고 잠을 설치던 그날처럼. 부부는 울며 보채는 아이들을 달래고 재우느라 새벽녘이 되어서야 곯아 떨어졌다. 은희 씨도 새삼스레 아들이 아파 잠 못 들던 시절을 떠올리다가 잠이 들었다.

은희 씨가 집에 들어오지 않았을 때도 답답했겠지? 위치 추적 장치 같은 것이 있다고 하던데. 혹 며칠씩 안 들어오는 일은 없겠지? 은희 씨는 아들의 가방, 서랍, 옷장 등을 뒤지다 이내 포기하며 돌아섰다. 아들이 들어올 때까지 무작정 기다리는 수밖에 없다니. 무기력한 시간이 흘렀다.

다음 날 아침, 남편은 밥맛이 없다며 빈속으로 출근했다. 대신에 낮에 들어와 점심을 먹겠다며 승훈이가 들어오면 꼼짝 못하게 하라고 했다.

여덟

승훈이의 첫 가출-아니 외박이라고 해야 맞겠지?-은 꼭 덜 익은 바나나 맛 같았다. 달콤하면서 절묘한 맛이 아니라 덜 익어 떨떠름한 바나나 맛. 가방을 싸는 치밀함과 계획도 없이 즉흥적이고 충동적이었다. 나쁘지는 않지만 기대 이상은 아니었다. 이 아쉬움은 뭐지? 집 앞에 도착할 때까지 내 감정을 정의해 보려고 애썼다.

　월요일 아침, 입을 꽉 다물고 있는 대문은 감정을 살피는 일 따위에 골머리 썩을 만큼 한가하지 않을 텐데, 라며 비웃 듯 버티고 있었다. 에라 모르겠다. 번호 키를 눌렀다. 온몸이 긴장감으로 조여 왔다.

　'담판! 이제 담판을 지어야지. 차라리 잘됐어. 만약 전화를 끊고 엄마의 말에 따라 집으로 들어왔다면?'

　생각만 해도 끔찍했다. 엄마, 아빠는 승훈이를 한입에 삼키고는 잘근잘근 씹어 먹었을지도 모른다. 온갖 말들이 승훈이를 두 번 죽였으리라. 부모들은 기분 내키는 대로 말을 내뱉고 그 말이 자식에게 남기는 대못 같은 상처는 인식하지 못한다.

　그래, 담판을 짓는 거야. 내 말이 거짓말이라고?

　그런데 문을 여는 순간 코끝을 간질이는 냄새가 밀려왔다. 처음 맡아 보는 냄새에 마음의 벽돌이 하나씩 무너져 내리는 것 같았다. 오븐이 원인이었다. 이래서 오븐을 사 달라고 한 건가? 달콤하고 쌉싸래하고 푸근한 느낌. 찬 데서 잔 것도 아닌데 승훈이는 아늑함 속에 풍덩 빠지고 싶었다.

엄마는 요리의 진수를 보여 주려는 듯 식탁에 노란색과 붉은색과 흰색을 펼쳐 놓았다.

"난 네가 전화를 끊고 들어올 줄 알았어. 간곡히 들어오라고 했는데도 넌……."

승훈이를 외면하며 말하는 엄마. 무조건 복종하는 아들을 원하신다는 거지?

"친구가 같이 자자고 하는데도 모른 척하라는 말이야?"

"넌 가족보다 친구가 좋아?"

어제도 엄마는 이런 질문을 했다. 그래서 그만 전화를 끊어 버렸다.

지금 엄마는 억지를 부리고 있다. 제발 그걸 알면 좋겠다.

"그런 말이 어디 있어? 가족이냐 친구냐, 그걸 어떻게 선택해? 그건 다른 거라고."

"다르지 않아. 가족은 항상 먼저야."

"나한테는 친구도 중요해. 엄마 생각을 나한테 강요하지 마. 제발."

엄마가 순간 동작을 멈췄다. 이제 담판이 시작된 것이다. 승훈이는 침을 꿀꺽 삼켰다.

그때 타이밍을 맞춘 듯이 전화벨이 울렸다. 아빠한테서 온 전화였다. 전화를 끊고 엄마가 밥을 푸며 말했다.

"아빠가 오려고 했는데 못 오신대. 아빠가 이따 얘기하재. 먼저 먹자."

하마터면 덥석 식탁 의자에 앉을 뻔했다. 마지못해 앉는 척 주춤거리다 앉았다. 어색한 침묵이 흘렀다. 모락모락 나는 김 너머로 엄마를 보았다. 뭐라도 터지기 일보 직전이었다. 그런데 맛있는 밥과 반찬이 승훈이의 입을 막아 버렸다. 훈훈해지는 이 마음은 뭐지? 이것이 엄마의 작전인가! 어제는 라면으로 허기를 때우고 오늘 아침은 아무것도 먹지 않은 공복이다. 엄마는 가족을 위해 당연히 맛있는 음식을 만들어야 한다고 여겼다. 고맙다고 생각한 적도 없는데.

엄마가 먼저 입을 열었다.

"친구 아빠는 어떠셔?"

"갈비뼈와 쇄골이 부러지고 왼쪽 무릎을 수술해야 한대."

"친구는?"

"고모가 아까 데리고 갔어."

다시 침묵이 흐른다.

"거짓말이면 다리몽둥이를 부러뜨려 놓으려고 했다."

"거짓말 같은 건 안 해."

승훈이는 거짓말 같은 건 한 번도 안 한 것처럼 거짓말을 한다. 그 순간만은 진실이니까.

"어젯밤에 뭐했어?"

승훈이가 맛있게 폭풍 흡입하는 것과 달리 엄마는 입맛이 없는 듯하다.

호진이는 산적처럼 눈이 찢어지고 덩치도 큰 편이다. 하지만 그 친구 마음이 여리다는 건 누구보다 승훈이가 잘 알았다. 보기와 달리 징징거리는 걸 다른 친구들은 재수 없다고 할 테지만 승훈이에게는 가여운 새끼 원숭이처럼 보였다. 그런 친구 곁에 있어 주는 게 친구라고 생각했다.

"그 순간 호진이한테는 내가 필요했다고!"

승훈이는 따지듯이 말했다.

어젯밤, 승훈이는 호진이와 비디오방에 가서 〈콘택트〉란 영화를 빌려 와 밤새 영화를 보았다. 호진이는 영화에 몰입하고서야 현실을 잊었다. 영화는 그런 거였다. 기지국에 전해진 낯선 외계인의 호출. 넓디넓은 우주에 인간만 산다는 건 공간의 낭비라고 믿는 박사가 어느 날 외계인과 교신을 하게 된다. 앞으로 백 년 뒤의 지구는 풍요롭지만 황폐하고 이기심이 판치는 곳이 되어 있었다. 그곳에 무언가를 찾으러 온 외계인은 지혜롭고 따뜻했다.

영화는 승훈이와 호진이가 함께 있는 순간을 동막골의 팝콘처럼 환상적이고 몽환적으로 만들었다.

"엄마?"

승훈이는 마른침을 삼켰다. 이제 음식은 먹을 만큼 먹었다. 더 이상 들어갈 배가 없었다. 음식은 점점 식어가고 변해갔다.

"나, 영화가 좋아."

승훈이는 엄마의 표정이 어떻게 바뀔지 알고 있다. 엄마는 승훈이가 복서가 되겠다거나 기타리스트가 당긴다는 말을 할 때도 표정 관리를 못했다. 승훈이 딴에는 엄마의 깜냥을 잘 알고 있다고 생각했다.

"무슨 말이야?"

"어젯밤에 호진이랑 영화를 봤어."

승훈이는 영화의 줄거리를 얘기하고 호진이 꿈이 영화배우란 말도 했다.

"네 꿈도 영화배우?"

"난 아니야. 나는 감독이 되고 싶어."

"네가 좋아하는 걸 찾아가는 게 인생이야. 영화가 좋다면 왜 그런지 한 번 얘기해 봐."

의외였다. 엄마가 변한 것인가!

"아직은 잘 몰라. 그냥 현실과는 다른 새로운 세계를 만드는 것이 재밌을 것 같아. 영화감독이 되어 내 상상을 화면 속에 펼쳐 보고 싶어."

상상력, 자유로움, 인간에 대한 호기심, 이런 말로 더 폼 나게 말하고 싶었다. 사실 그 말들은 어젯밤 호진이가 한 말이다. 영화배우가 되어 다른 사람의 인생을 살아보는 것이 얼마나 멋진 일인지 말하면서 했던 말이다. 승훈이는 감독이 되어 호진이를 주연 배우로 쓰고 싶었다. 그렇게 했다가 영화가 망할지도 모르지만 주연 배우가 꼭 잘생기고 몸짱이어야 한다는 고정 관념을 깨고 싶었다.

생뚱맞은 말에도 엄마는 당황하거나 붉으락푸르락하지 않았다. 이제 엄마에게도 아들을 보는 눈이 생겨난 것인가!

"엄마, 오늘 음식 최고야!"

승훈이는 엄지손가락을 세우며 웃었다. 엄마도 웃었다. 어딘지 모르게 어색했지만 오랜만에 웃는 엄마의 얼굴에 승훈이 마음이 환해졌다.

"내가 설거지할게."

"아냐. 오늘 설거지는 적으니까 다음에 많을 때 시켜 줄게."

엄마가 하는 농담은 늘 썰렁했다.

"엄마는 그릇 위치가 변하는 건 딱 질색이야. 알지?"

엄마는 그릇들을 치우며 성가시다고 들어가라고 했다.

탐색할 곳이 없는 공간인 부엌. 그곳을 지키는 엄마에게 부엌은 어떤 의미일까? 승훈이는 엄마가 되어 보지 않고는 평생 알 수 없을 거라는 생각이 들었다. 오늘은 그래도 엄마와 많은 이야기를 나누었다. 문득 엄마는 승훈이 나이 때 무슨 생각을 하고 어떤 고민을 했는지 궁금해졌다.

"엄마?"

"왜?"

엄마가 뒤돌아보았다.

"엄마는 꿈이 뭐였어?"

엄마는 글쎄, 하면서 허공의 어딘가를 응시했다.

"우리 승훈이가 엄마한테 관심을 다 보이고 웬일이야?"

"칫, 엄마는 꼭 그렇게 말하더라."

"엄마도 사춘기가 있었어?"

"그걸 말이라고 해. 엄마는 꿈도 없고 사춘기도 없는 줄 알았어?"

"그랬구나!"

승훈이는 식탁 위에 있는 바나나를 하나 뜯었다. 바나나는 푹 익어 달콤했다. 집에 와서야 처음으로 자신의 외박이 달콤하게 느껴졌다.

아홉

은희 씨는 아들이 친구와 밤새 영화 이야기를 했다며 영화감독이 되고 싶다고 수줍지만 확신에 차 말하는 순간, 문득 누군가가 떠올랐다. 중학교 2학년 때부터 집과 학교에서 붙어 다녔던 친구, 단짝 용희였다. 은희 씨와 용희는 같은 반 미래를 서로 좋아했다. 미래는 활발했고 한 번씩 시원하게 터트리는 유머로 반을 들었다 놓았다 하는 분위기 메이커였다. 80년대 초였던 당시, 2층 집에 살면서 피아노를 치던 그 친구는 모두에게 동경의 대상이었다. 아이들은 다들 미래 무리에 들려고 안달을 했다. 용희 또한 마찬가지였다. 은희와 함께 있으면서도 미래를 화제에 올려놓기 일쑤였다.

왜 은희 씨는 그 시절 미래 이야기만 하는 용희한테 따지지도 않았을까? 아마도 용희가 토라져 떠날까 봐 전전긍긍했으리

라. 안 그래도 떠날 친구였는데 실컷 화도 내지 못한 것이 이제와 은희 씨의 마음을 아리게 했다.

"나는 미래가 좋은데, 너는 싫대."

용희는 그 말을 남기고 떠났다. 차라리 아무 말도 하지 말고 갈 것이지. 그런 친구 따위는 필요 없다고 말해도 서글픔과 분노는 금방 사그라지지 않았다.

그리고 또 하나.

은희 씨의 첫사랑. 첫사랑은 이루어지지 않는다는 가설을 확인시켜 준 사람. 은희 씨가 그를 먼저 서둘러 보냈다.

"우리 이만 만나."

결별을 통고했는데 첫사랑은 달라붙기 시작했다.

"너를 만나면 지루해."

달라붙는 사람에게 은희 씨는 쐐기를 박듯 말하고는 직장을 떠났다. 사내 커플로 소문이 난 경우, 여자가 직장을 그만두는 실례를 만들면서. 한참 후에 만난 직장 동료들에게서 은희 씨가 첫사랑 남자에게 매달리고 집까지 찾아와 다시 만나달라고 치근덕거리는 여자로 소문이 나돌았다는 얘기를 들었다.

기억조차 없던 그들이 왜 불현듯 떠올랐을까?

따뜻했던 음식들이 식었다. 조금씩 제 색을 잃어가는 해물요리의 뚜껑을 닫고 비울 음식들을 비운 다음 설거지를 했다.

은희 씨는 아들이 영화감독 같은 생뚱맞은 이야기를 하는 순간에 어떤 표정을 지어야 할지 난감했다. 그러나 비웃는 표정

따위는 짓지 말아야 한다는 걸 본능적으로 알았다. 이제 아들은 제가 하고 싶은 걸 찾기 시작했다. 또 다른 무엇이 아들을 흥분시키고, 새로운 것들이 계속 아들에게 손짓하겠지.

은희 씨는 곁을 떠나가는 사람들이 생길 때마다 상처가 하나씩 깊어졌다. 이제 아들이 떠나려고 날갯짓을 하고 있다. 보내자. 승훈이가 자신의 바다로 멀리멀리 날아가도록 하자. 대신 떠난 빈 자리를 보며 슬퍼하지 말고, 자신을 돌아보자. 친구가 떠나고 첫사랑이 떠나던 때처럼 지내지 말자. 자신이 무얼 원하는지 찾아보기로 하자.

"엄마는 꿈이 뭐였어?"

승훈이가 물었을 때 사실은 입이 턱 막혔다. 똑 부러지게 말하지 못했다. 사춘기가 있었냐고 물을 때도 그랬다. 아들은 자신의 사춘기가 찾아온 걸 알게 된 건가? 아니면 엄마의 행동에서 이상한 기운을 감지하고 말하는 걸까? 둘 다 맞을 것이다. 까닭 없이 슬프고 우울했던 사춘기가 있었다. 그러나 고민하고 방황하며 자기를 찾는 것이 사춘기라면 은희 씨의 진짜 사춘기는 지금이라는 생각이 들었다.

친구 용희와의 즐거웠던 어느 하루가 줌인이 되듯 떠올랐다.

용희와 함께 연탄불 위에 베이킹파우더를 입힌 도넛을 튀겨 먹었었다. 바삭바삭 입에서 감돌던 도넛 맛은 용희가 떠난 뒤에도 용희를 추억하게 했다. 맛은 오래오래 기억된다. 은희 씨가 만든 요리의 색과 온기는 변해도 혀에 남은 맛은 뇌에서 잊히지 않는다. 은희 씨는 그 맛에서 시작하기로 했다.

몰락

"남재령, 집에서 전화 왔다!"

역사 선생님이 방금 온 행정실 선생님이랑 말을 마친 뒤였다. 주머니를 만져 보니 휴대 전화가 없었다. 5교시 역사 과목은 폭풍 잠이 몰려오는 시간이다. 나 때문에 잠을 털어 낸 것이 성가신 듯 민호가 흘긋 나를 보았다.

집이라고? 지금 이 시간에는 집에 아무도 없다. 엄마는 식당 주방에 있을 시간이고, 형은 제대한 뒤 바로 아르바이트 자리를 구해 오늘 첫 출근을 했다. 엄마나 형이 이 시간에 한가하게 나한테 전화할 리가 없다. 모든 것이 자기 자리에 있어야 할 시간에 웬 전화? 혹시? 아빠!

"박지원이 쓴 「양반전」은 급변하는 18세기 후반 양반들의 허위와 몰락을 잘 보여 주고 있다."

교실에서 나오니까 역사 선생님의 졸린 목소리가 선명하게 들리는 건 무슨 조화지? '몰락'이라고? 「양반전」에는 천석의 빚을 진 양반이 나온다. 책이나 읽으면서 지낸 대가로 결국 자신의 신분마저 팔아야 하는 상황에 닥치는 양반.

아빠의 일식집은 새벽까지 불빛이 꺼지지 않았다. 몸이 닳도록 기계처럼 일했지만 빚만 수억을 지고 쫓기는 신세가 되었다. 재개발 지역이 된 탓에 가게를 하루아침에 잃어버린 것이다. 아니, 빼앗겼다고 해야 옳다. 보상금으로 나온 돈 달랑 3천만 원으로는 어디 가서 가게 문을 열 수조차 없었다. 급히 사채 빚을 끌어 쓴 게 화근이었다. 다시 가게를 열고 빚도 갚으려 했지만 수입은 줄고 빚만 산더미처럼 늘었다. 빚 독촉을 피해 가족을 떠나 도망친 아빠는 지금 어디에서 무얼 할까? 그리고 아빠는 왜 학교로 전화를 했지? 불안했다. 우리에게는 몰락한 우리 집의 빚을 대신 갚아 줄 갑부 상민도 없었고, 팔 양반 신분도 없었다.

교무실로 들어가서 수화기를 들었다.

"재령아!"

아빠가 아니라 엄마였다.

"재령아!"

다시 엄마의 목소리가 전화선을 타고 들렸다. 오늘 아침에 듣고, 지난 17년 동안 들어온 목소리가 이 목소리였나 싶었다. 우리 집에 질서와 생기를 넣어 주던, 익히 들어온 목소리가 아니었다. 나는 수화기를 바짝 댔다.

"네 형이 죽었어. 재형이가 갔어!"

엄마의 흐느낌이 이어졌다. 머리에서 발끝까지, 핏줄 하나하나까지 뻣뻣해졌다. 쿵, 뒤통수를 맞은 듯 무릎이 꺾였다. 교무실 모서리가 한 바퀴 빙그르 돌았다.

─형이 오늘 쏜다. 치킨 집으로 와.

어제 학교 도서실에 있을 때 형한테서 날아온 문자였다.

─뭐해? 형 기다리게 하고.

곧 있으면 기말고사인데 공부 좀 하게 기다리지. 조금 짜증이 일었다. 전교 5등 안에 드는 동생이 얼마나 피 터지게 공부하는지 알지도 못하면서. 공부 잘하는 동생한테 한 번도 수고했다, 애썼다란 말조차 해 준 적 없는 형이 가끔은 야속했다. 누가 5, 6월 쌍둥이 별자리 아니랄까 봐 엄마도 형하고 비슷한 말만 했다. 쉬엄쉬엄 적당히 하라거나 친구들이랑 운동도 하고 영화도 보라고 했다.

그런데 이 문자가 내게 남겨진 형의 마지막 문자가 되다니!

형은 머리카락이 밤송이처럼 뾰족했다. 제대한 지 닷새라는 시간은 머리카락이 귀밑을 덮을 만큼 자라기에 한참 모자란 시간이었다. 무스나 스프레이로 머리 만질 날을 기다리며 거울을 보던 형. 제대 후 다시 복학을 하기 위해서는 형이 넘어야 할 산이 있었다.

"형이, 오늘 알바 자리 구해서 기분이 째진다!"

형은 한 봉우리를 가뿐하게 넘은 듯 홀가분해 보였다. 바삭한 닭 날개를 아귀처럼 뜯어 먹었다. 엄마도 닭 다리를 잡고 뜯으며 웃었다. 아빠가 없는 집에서 엄마를 미소 짓게 하는 원동력은 형이었다. 돌아온 형이 우리 집을 서성이고 체취를 풍기는 것만으로도 아빠의 빈자리가 채워지는 것 같았다.

"월급이 100만 원이 넘어. 150이야. 이 돈 몇 달 모아서 등록금 마련하고 복학해야지. 너한테 용돈도 넉넉히 줄 수 있어."

"얼마 줄 건데?"

용돈이 필요했다. 지갑에 만 원짜리 한두 장이 항상 있는 다른 아이들과 달리 나에게는 편의점 컵라면과 삼각 김밥도 그림의 떡처럼 느껴질 무렵이었다. 까짓, 한 달쯤 못 기다리겠어.

"좀만 기다려. 5만원 쏠게."

형은 당장 150만원을 받은 것처럼 굴었고, 나도 5만원이 내 지갑에 들어온 듯한 포만감을 느꼈다. 기말고사 때문에 곤두선 짜증도 치킨과 함께 소화가 되는 것 같았다.

"그런데 무슨 일인데 대학생 아르바이트한테 그렇게나 월급을 많이 줘?"

"역시 대기업에서 일해야 한다니까. 큰 회사라서 월급도 많이 주고 일도 그리 어렵지 않은 것 같아. 형도 나중에 대기업에 취직할 거니까 두고 봐."

자신감과 패기로 무서울 게 없던 열두 시간 전의 형. 문제 될 거라고는 돈 하나밖에 없었다. 까짓 돈은 일개미처럼 벌면 되었다. 어릴 때, 자신의 몇 배가 넘는 과자 부스러기를 들고 가는 개미 떼에게 물총을 쏜 적이 있었다. 뿔뿔이 흩어지던 오합지졸 개미 군단. 그러나 다음 날인가. 그 자리에서 조금 떨어진 곳에서 그때보다 더 큰 개미 군단이 새까맣게 모여서 초코 과자를 이고 가는 걸 발견했다. 우리 집도 개미처럼 힘을 모으면 다시 예전으로 돌아갈 수 있을 것 같았다. 적어도 어제는 의심하지 않았다.

형은 웬일로 공부 열심히 해 줘서 고맙다는 말을 했다. 나 자신을 위해서 하는 공부가 형한테 고마울 것까지는 없다고 말하려다 관뒀다. 형이 말할 때마다 시큼한 맥주 냄새가 풍겼다. 제대를 하자마자 등록금을 마련하러 뛰어야 하는 형의 신산한 냄새가 내 폐 속으로 스며드는 것 같았다. 형이 흥얼흥얼 콧노래를 불렀다.

"난 형처럼 살지 않을 건데."

당돌함이 나의 무기 아니던가? 이래야 나, 남재령 아닌가?

'형처럼 알바하는 대학생은 안 될 거야. 장학금 당당히 받으면서 캠퍼스를 누빌 거야. 미팅도 하고 스타벅스에서 커피도 마시고 또 동아리 활동도 할 거야. 그러려고 피 터지게 머리 싸매고 공부하는 거라고. 형처럼 찌질한 대학 가지도 않을 거야.'

속으로 소리친 것을 들은 걸까? 콧노래를 멈춘 형의 눈동자가 커다래졌다. 내가 아무리 잰 척해도 허허허 웃던 형인데 이

82

상했다.

"재령아, 대학에 낭만 같은 건 없어. 현실은 남루할 뿐만 아니라 잔인하다."

단호함이 밴 목소리에 조금 놀랐다. 형이 많이 힘든가?

"나는 형이 너는 나처럼 살지 마라, 그렇게 말할 줄 알았는데!"

그래도 나는 꿈 많은 청춘, 대한민국의 고딩이 아닌가! 꿈마저 꾸지 못한다면 너무 억울했다.

"그래 임마. 네 말이 맞다. 넌 절대 나처럼 살지 마라."

형이 내 어깨를 툭 쳤다.

그때 형 휴대 전화가 울렸다.

"어, 찬혁아."

형이 반갑게 부르는 이름은 절친인 듯했다.

무장 해제된 채 웃고 발을 구르며 한껏 떠들었다.

통화가 끝나자 엄마가 안쓰럽게 말했다.

"재형이 너도 데이트도 하고 친구들이랑 술도 먹고 그래. 네가 부모 잘못 만나서 무슨 고생이냐!"

"엄마, 난 괜찮아. 무쇠팔인걸."

형이 팔을 둘러 엄마의 어깨를 감쌌다. 형 품에 안긴 엄마는 작은 새 같았다.

"엄마는 형이 최고지?"

"재령아, 너도 형이 고생하는 거 잊지 마라. 응?"

"나도 알아, 안다고."

나는 조명 때문에 더 붉어 보이는 형의 얼굴을 보면서 투덜거렸다.

왠지 형 앞에 있으면 나는 죄인이 되었다. 그런 기분을 느끼게 하는 분위기가 싫었다. 엄마가 형의 희생을 강조할 때면 억울함이 밀려오다가 미움과 원망까지 생겼다. 내가 느끼는 열등감과 시기는 언제나 형으로부터 비롯됐다. 이러면 안 되는데, 정말 요즘 젊은 사람 같지 않은 천생 착한 형인데 내가 왜 이러지? 그러다가도 어느새 고슴도치처럼 가시를 세우는 내가 있었다.

"엄마, 그딴 거 몰라도 돼. 우리 한 마리 더 시킬까?"

"이번에는 엄마가 한 턱 낼게. 자격증 딴 기념으로."

엄마도 한껏 들떠 말했다. 엄마는 일 년 넘게 요리 학원에 다닌 끝에 한식 자격증 딴 일을 수줍게 꺼냈다. 첫 번째 시험에서는 미끄러졌지만 이번에 붙어서 너무나 좋다고 했다. 이제 다른 식당 주방 자리를 구하면 월급도 지금의 두 배를 받을 수 있단다. 엄마와 형의 월급이 두 배로 불어나면 영어 학원에 보내 달라고 해야겠다!

아, 그것이 우리 가족이 함께 한 최후의 만찬이 될 줄은 꿈에도 몰랐다. 비록 아빠의 빈자리가 있기는 했지만 우리는 희망이라는 계단을 오르고 있었다. 어젯밤까지는.

형의 시신은 부검을 위해 국립과학수사대에 보내졌다. 사진

속에서는 저렇게 웃고 있는데 믿을 수가 없었다. 도대체 형한테 무슨 일이 있었던 거지? 형은 대형 마트에서 90도로 허리를 굽혀 안녕하세요? 감사합니다, 라며 인사를 한 깃도, 무거운 짐을 싣고 나른 것도, 지하 주차장에서 먼지를 뒤집어쓰고 목청껏 소리를 지른 것도 아니었다. 형이 동료 두 명과 함께 좁디좁은 기계실에서 몇 발자국 떼지도 못한 채 쓰러져 질식해 죽었다니 믿을 수가 없었다. 질식이란 단어가 내 목을 죄어 왔다. 어떤 곳이기에 공기를 마실 자유조차 없었던 거지! 장례식장의 공기가 고갈되어 내 목을 옥죄는 것 같았다.

"어머니, 남재형 학생은 어떤 아들이었나요?"

장례식장으로 기자들까지 찾아왔다. "우리 재형이는……" 하고 입을 뗐지만 통곡이 엄마를 거세게 흔들어 놓았다. 엄마에게서 원하던 말을 듣지 못하자 다른 기자가 내게로 다가왔다.

"형은 어떤 형이었나요?"

"아, 저리 가요."

"형을 잃은 슬픔 이해합니다. 형이 등록금으로 생긴 빚 천만 원을 갚으려고 그런 알바를 하게 되었나요?"

"우리 형이 바보야? 아무리 돈을 많이 준다 한들 질식해서 죽을 줄 알았으면 갔겠냐고!"

형을 죽인 살인자가 기자인 것처럼 악을 썼다.

"네, 정말 안타깝습니다. 이번 사건의 원인이 어디에 있는지 하루 빨리 밝혀지길 바랍니다. 학생, 한 말씀만 해 주세요."

내가 그럴수록 기자는 담담하게 물었다.

"우리 형 누가 죽였어? 누가 죽였냐고!"

가슴속 수소 폭탄을 점화시켜 폭발하고 싶은 심정이었다. 엄마가 달려와 나를 끌어안고 울부짖었다.

"바보같이. 돈 많이 받아서 나 용돈 준다고 했잖아!"

악을 쓰는데도 형은 바보같이 웃기만 했다. 가슴을 쳐도 터지지 않자 무심히 나를 보는 기자의 가슴팍을 주먹으로 밀어 버렸다. 기자의 안경이 떨어지고 쿵, 엉덩방아를 찧으며 넘어졌다. 이모부가 달려와 사과를 했다. 황급히 안경을 끼고 일어난 기자가 이번에는 진드기처럼 이모부한테 지금 남재형 학생 아버지는 어디에 계시냐고 물었다.

"재령아, 진정해. 네가 정신을 차려야 돼."

이모가 다가와 내 뺨을 어루만졌지만 아무런 감촉도 느껴지지 않았다.

저녁이 되자 인터넷에 '등록금을 마련하던 대학생의 억울한 죽음'이 주요 기사로 떴다. 하늘 높은 줄 모르고 치솟는 등록금이란 글귀와 함께 어느새 우리 집안 형편이 전파를 타고 세상의 구경거리가 되어 있었다. 지하 단칸방, 월세, 아빠의 사업 실패, 착하기만 했던 형, 엄마에게 애인이자 집안의 가장이던 형, 이런 낱말들이 나왔다. 숨기고 싶은 사생활이 뉴스화 되어 인터넷에 떠돌았다.

얼마 지나지 않아 담임과 아이들이 장례식장으로 찾아왔다.

아무도 알아보지 못하는 곳으로 숨고 싶었다. 사막이라도 좋고, 아마존 밀림이라도 좋았다. 아니 저 우주로 쏘아올린 개라도 되고 싶었다.

검은 옷을 입고 와 말없이 절을 하고 묵념하는 아이들 속에 민호와 범준이도 있었다.

"재령아, 기운 내라."

선생님이 어깨를 두드리는 중에도 나는 아이들의 침묵 속에 숨겨진 이죽거림을 들었다.

'악바리같이 공부만 하는 이유가 있었다니까.'

돈이 없어서 아이들과 어울려 편의점도, 햄버거 집도 다니지 못했다. 학교와 집으로 난 길 외에는 길이 없다는 듯이 한 길만 오고 가며 아이들이 제일 혐오하는 공부벌레 흉내를 내야 했다.

"형 때문에 다 뽀록났잖아!"

형이 앞에 있으면 덤비고 따지며 잘난 척을 할 텐데 이제 그럴 형이 없다는 생각에 감정이 북받쳐 올랐다. 북받쳐 오는 감정들을 억누르고 있는데 민호가 다가왔다.

"너희 형 잘생겼다!"

범준이도 가까이 와 무슨 말인가를 할 듯이 망설이다가 긴 손가락만 만지작거렸다. 나를 위로하는 듯한 눈빛들, 아니 동정 가득한 눈길들. 애들과 어울리지 않으며 지킨 자존심이 이렇게 무너져 버리다니. 아이들이 돌아간 뒤, 학교에 떠돌고 있을 나에 대한 소문이 각색되고 보태질 거라는 상상 때문에 나는 밤이 깊도록 잠을 못 잤다. 설핏 눈을 감고 있다가 아침을 맞았다. 하룻밤 동안 전쟁터를 누빈 듯했다. 엄마는 밤새 추운 겨울을 수차례 지낸 듯 지쳐 보였다.

며칠이 지나도록 장례를 치르지 못했다. 형은 이승도 저승도 아닌 냉동고에 누워 있었다. 마트에서도, 기계실 냉동 설비업체에서도 책임을 지려 하지 않았다. 질식사의 원인은 냉매가스에 포함된 염소가스로 밝혀졌다. 차가운 냉매가스가 바닥부터 쌓여 산소를 밀어냈고 그곳에 있던 사람들은 산소 결핍으로 불과 몇 발을 떼기도 전에 쓰러졌다는 것이다.

"개자식들! 사람이 죽었는데 와 보지도 않아!"

점잖은 이모부의 입술이 일그러졌다. 형이 죽은 마트에서는 사과 한 마디 없고, 조문 오는 사람조차 없었다. 이모부는 죽은 조카를 위해 할 수 있는 게 아무것도 없는 현실이 끔찍하다고 소주만 들이켰다. 엄마 몸이 냉동실의 형처럼 뻣뻣해져서 이모와 나는 수시로 엄마의 팔과 다리를 주물러 주어야 했다. 혹시 아빠가 전화를 걸어올지도 모른다고 엄마는 휴대 전화 배터리가 떨어지지 않도록 충전시키라고 했다. 키가 작고 고양이 눈을 한 경찰관은 같은 말만 되풀이했다.

"어느 쪽의 책임인지 더 기다려 봐야 한다니까요!"

나는 다시 학교로 돌아갔다. 엄마는 내가 있을 곳은 학교이고 공부를 해야 한다고 했다. 쉬엄쉬엄 하라던 엄마는 어딘가로 가 버린 듯했다. 우리 가족 중에 경찰이나 변호사 같은 힘 있는 사람이 있었다면 대형마트의 처우는 달라졌을 거라고 말했다. 이모와 이모부도 내가 형을 위해 할 수 있는 일은 공부라고 했다. 이제 형이 없으니 내가 엄마를 보살펴야 한다고 했다. 형이 있어 학업에 집중할 수 있었다는 걸 이제야 깨달았지만 뒤늦은 깨달음일 뿐이었다. 내가 잘할 수 있을까? 형의 빈자리를 채울 수 있을까? 사다리 꼭대기에 있는 듯 현기증이 밀려왔다.

점심시간, 운동장은 바글거리는 아이들로 활기가 넘쳤다.

"오늘도 농구 한 판 어때?"

민호와 범준이가 어제처럼 농구공을 주고받으며 물었다. 오랜만에 온 교실에 다행히 혼자서 수분이 빠져나간 매미처럼 붙어 있지 않아도 되었다.

주황색 공이 바스켓을 빙그르르 돌아 떨어졌다. 잽싸게 점프해서 공을 낚아채 달렸다. 이마에 땀방울이 맺히고 몸이 불덩이처럼 뜨거워졌다. 잠깐 방심한 사이 민호가 옷섶을 잡아당겼다. 완강히 뿌리치며 슛을 날리려 했다. 서로 공을 빼앗으려 몸싸움을 벌이다 맥없이 고꾸라졌다. 정강이가 땅에 정통으로 부딪혀 그 자리에 주저앉고 말았다. 뼈가 쪼개지는 듯한 통증이 밀려왔다. 조금 있자 퍼렇게 멍이 들고 붓기 시작했다.

"괜찮아?"

민호가 콧잔등의 땀을 훔치며 내 옆에 앉았다.

"이까짓걸 뭘."

"농구공이 펄펄 날던데? 그동안 몸 근질근질해서 어떻게 참았냐?"

범준이가 허풍을 떨었다.

"야, 구라 까지 마. 안 그래도 돼."

"너, 몸을 너무 혹사시키는거 아냐? 괜히 자신을 힘들게 하지 마."

민호의 말에 깜짝 놀랐다. 그렇게 티가 났나 싶어 일어서며 말했다.

"야, 다시 하자. 우리 이번에는 정식으로 끝까지 하기다."

운동장 반대편으로 도망치듯 달렸다. 무릎 정강이가 아팠지만 형을 먼저 보낸 판에 이까짓 고통쯤은! 내가 천 배, 만 배로 아픈 대신에 형이 살아 돌아오기만 한다면……. 다시 살아 돌아온 형과 농구 한판 뜨고, 멋지게 덩크슛 날리는 걸 보여줄 수 있다면……. 손목에 힘을 주고 반동을 이용해 공을 던졌다.

'아, 타원형이구나!'

"골인! 3점 슛!"

민호와 범준이가 외치는 소리가 가물가물 들렸다. 발이 땅에 닿는 순간 앞이 깜깜해지며 균형을 잃었다. 낙하하는 농구공처럼 나도 운동장에 픽 쓰러졌다.

"야, 재령아! 괜찮아?"

두 사람의 목소리가 들리고 내 몸을 흔드는 것도 느껴지는데 눈을 뜰 수가 없었다.

'영영 이대로 눈을 감았으면…….'

눈을 떴을 때는 뿌연 수증기가 떠다녔다. 가습기에서 떨어지는 수증기 너머로 보건 선생님의 뒷모습이 보였다. 당분간 무리하지 말고 쉬라는 말을 한 귀로 듣고 한 귀로 흘리며 나왔다.

장례식장에 들어서니 누군가가 나를 기다리고 있었다. 엄마는 며칠째 영정 앞에 꼬꾸라져 있었다.

나를 기다리던 사람이 다가와 캔 커피를 내밀었다. 형의 절친이자 마지막 순간까지 통화했던 바로 그 형, 찬혁이 형이었다. 형은 덩치가 작고 얼굴이 동글동글했다. 하얗고 부터 나는 얼굴에 뿔테 안경을 쓰고 있어 우리 형과는 대조적인 모습이었다. 서로 다른 둘이 어떻게 가까워졌을지 의아스러웠다.

"형 생각 많이 나지?"

"…….."

"바보 같은 질문이겠다."

"…….."

"너희 형이 동생 공부 잘한다고 엄청 자랑하던걸!"

"대학 들어가면 뭐해요. 형처럼 등록금 때문에 죽기 살기로 살아야 할 텐데요."

나도 모르게 툴툴댔다.

"재형이 말로는 형처럼 살지 않겠다고 했다던데? 그 배짱이

맘에 든다고 했는데, 다 뻥이었구나!"

얼마 전, 형과 나눈 말들을 지금 다른 형이랑 반복하고 있다니 목이 메었다. 얼른 커피를 들이마셨다.

"재형이 이 자식은 걱정도 팔자라니까. 공부에만 집착한다고 쓸데없이 동생 걱정이나 하다가 가고."

자신의 목소리가 축축해지는 걸 감추려고 찬혁이 형이 너스레를 떠는 게 느껴졌다.

"요즘은 공부 안하고 친구들이랑 농구만 해요. 그래도……."

"그래도 공부를 해야겠지. 그렇지만 공부가 전부가 아닌 건 확실해. 사실 나도 정답을 아는 건 아니야."

나의 무기이던 당돌함은 둔탁해져 쓸모가 없어져 버렸다. 차라리 무기를 버리고 형한테 항복하고 싶은 마음이었다.

찬혁이 형이 나와 함께 잠시 밖에 나갔다 오겠다고 엄마한테 허락을 구했다. 동네 길을 걸었다. 걷다가 놀이터에 있는 의자에 앉았는데 반대편에 경찰차 한 대가 서 있었다. 나도 모르게 경찰차를 노려보았다. 찬혁이 형이 내 어깨를 툭 쳤다. 쫄지 마, 라고 말하는 듯했다. 우리 형이랑 닮은 구석이 없는데도 형이 느껴졌다. 아니, 형을 느끼고 싶은지도 몰랐다. 하마터면 치킨을 사 달라고 말할 뻔했다.

찬혁이 형이 휴대 전화를 꺼내 화면 하나를 보여 주었다. 모금을 하는 누나들과 피켓을 든 형들로 북적거리는 화면이 나왔다. 이게 뭐지? 하고 눈을 부릅떴다. 화면을 확대하자 대자보에 쓰인 글귀들이 선명하게 보였다.

남재형 학생을 도웁시다!

순간 볼에 불덩어리가 닿은 듯 얼굴이 달아올랐다.

"이것 좀 봐. 놀랍게도 학생들 반응이 뜨거웠어. 조금씩 용돈을 모아서 네 형이 빚진 돈 천만 원을 갚기로 했단다. 힘을 합하면 변화를 이끌어 낼 수 있으리라는 믿음이 생겼어."

찬혁이 형이 흥분하여 이야기를 쏟아 냈다. 하지만 나는 찬혁이 형이 하는 말들이 들리지 않았다.

잠시 주춤하며 찬혁이 형이 말했다.

"그래서 말인데……."

내게 무언가를 기대하는 게 분명했다. 감사하다고 넙죽 절이라도 해야 하나? 제기랄, 누가 도와달라고 했나? 이 더러운 기분에서 벗어나고 싶다. 그런데 찬혁이 형이 어떻게 내 마음을 읽었는지 모르겠다.

"너를 동정하는 게 아니야, 재령아. 우리 모두는 조금씩 세상에 마음의 빚을 안고 살아가. 그걸 나누는 것뿐이야."

그 말이 나를 더 비참하게 했다. 나는 그 자리에서 용수철처럼 튕기듯 일어나서 외치고 있었다.

"동정 따위 필요 없어요."

바로 후회가 뒷덜미를 잡아당겼지만 이미 늦은 뒤였다.

내 손목을 잡는 찬혁이 형을 뿌리치고 도망치듯 달렸다. 왜 도망치는 거지? 무엇으로부터 도망가는 거지? 이런 질문들이 이어달리기하듯 쫓아왔다. 그 순간 내가 할 수 있는 일이란 찬혁이 형이 보이지 않는 곳으로 숨는 것이었다.

엄마가 끓인 된장찌개 냄새가 집안을 떠다녔다. 오랜만에 집에서 먹은 밥과 찌개가 맛있게 느껴져 죄스러웠다. 엄마는 서랍장에 있던 형의 옷 몇 가지를 꺼내다가 멍하니 앉아서 눈시울을 붉혔다. 형이 고등학교 첫 데이트 때 엄마를 졸라 산 가로줄이 있는 검은 니트였다. 그때만 해도 아빠는 가게의 주인이었다. 그 옷은 형의 큰 키와 부드러운 이미지를 돋보이게 했다. 옷이랑 가방 같은 것들이 다 내 차지가 되었지만 전혀 기쁘지 않았다. 엄마를 못 본 체하고 내 방으로 들어갔다.

잠시 뒤 전화벨이 울렸다. 부리나케 전화를 받는 엄마. 엄마는 전화가 오면 곤두섰다. 아빠 소식은 엄마에게 지푸라기였다. 잡으면 금방 부서지는 지푸라기라도 엄마는 잡고 싶어 했다.

"아니, 뭐라고요? 그걸 말이라고 해요!"

엄마가 악을 쓰는 소리에 뛰쳐나갔다.

"나쁜 놈들아, 애가 죽었는데 코빼기도 안 비치더니, 뭐라고? 8천만 원?"

엄마가 전화기를 붙잡고 사시나무 떨듯 몸을 떨었다. 수화기 저편에서 여보세요? 여보세요? 하는 목소리가 들렸다. 전화기를 들었지만 이미 끊어진 상태였다.

"누구야?"

94

엄마가 망연자실한 눈으로 가슴을 쥐어뜯었다.

"어디서 온 전화야? 마트야?"

엄마가 겨우 고개를 끄덕이는가 싶더니 별안간 화장실로 달려가 변기에 토악질을 했다.

시간이 흐를수록 우리는 지쳐갔다. 엄마는 "더 이상 빼앗길 것도 없어."라고 체념한 듯이 한숨만 지었다. 이모가 이제 영영 돌아올 수 없는 자식 그만 포기하라고 하고, 이모부가 8천만 원으로 빚이라도 갚자고 했을 때 엄마가 갈퀴처럼 나를 끌어안았다. 엄마의 손톱이 내 팔뚝을 파고들었다.

며칠 뒤, 엄마가 모기만 한 소리로 숨을 고르며 말을 꺼냈다.

"형을 편하게 보내 주자."

그들이 이긴 것이다. 우리는 더 이상 빼앗길 것도, 몰락할 것도 없었다.

형이 가는 날을 어떻게 보냈는지 모르겠다. 벽제 화장터, 형의 뼛가루, 납골당. 어디를 가나 새어 나오는 울분과 통곡. 그속에 형과 누나들이 있었다. 찬혁이 형이 서글프게 흐느꼈다. 그 흐느낌이 내 속으로 파고들었다.

형을 편하게 보내 주자고 한 날, 엄마는 찬혁이 형이 엄마한테 찾아와서 한 말을 지나가는 말처럼 했다.

"등록금 시위, 시청에서 하니까 한번 오란다."

찬혁이 형이 나를 찾아왔을 때 하고 싶은 말이었겠지?

기껏 도망쳐 왔는데 도로 제자리에 온 기분이었다.

'형, 나 안 가면 안 돼?'

하늘에 형이 있기라도 한 듯 하늘을 보고 물었다. 동생이라면 당연히 가야 되겠지? 묻는 내가 바보라는 생각이 들었다.

학교로 돌아와 농구공이 무거워질 때까지 뛰다가 민호와 범준이한테 고민을 털어놨다. 둘은 기다렸다는 듯이 한 번 가면 되지 무슨 고민이냐며 소풍이라도 가는 듯 즐거워했다. 등록금 문제는 우리가 몇 년 뒤 겪을 문제라며 울분을 토해 내기도 했다. 그런 민호와 범준이한테 차마 쪽팔려서 가기 싫다는 말을 꺼내지는 못했다.

'형, 나한테 시간 좀 줘, 응?'

마지막으로 졸라 대듯이 물었다. 형은 내게 아무 대답도 해 줄 수 없었다.

"나무 피켓 망가지면 선생님이 물어내랬어."

민호가 피켓에 마지막 테이프를 붙이며 거듭 말했다. 일이 이렇게 되어 버렸다. 어제 민호와 범준이는 담임한테 행사 때 쓰이는 나무 피켓을 빌렸다. 선생님은 '잘 쓰고 감쪽같이 제자리에 갖다 놓으면.'이라는 조건을 붙이며 승낙했다.

두 친구는 겨우 세 개뿐인 피켓을 아쉬워했다. 무엇을 어떻게 쓸까? 다행히 순발력 뛰어난 범준이가 글귀들을 금방금방 떠올렸다. 그렇게 완성된 글귀에 네임펜으로 포인트를 주었다.

백화점에서는 반값 세일, 학교에서는 반값 등록금!

미친 등록금 NO! 착한 등록금 YES!

폭풍 등록금은 가라, 우리 대학생 떠밀려 간다!

"피켓을 어디에 두지?"

범준이가 물었다. 애물단지 같은 피켓을 보관하고 있을 사람은 나밖에 없었다. 둘은 피켓을 하나씩 들고 우리 집까지 쫓아오려 했다. 내가 피켓을 없애거나 부수기라도 할까 봐 눈치를 보는 듯해 소리를 버럭 질렀더니 가 버렸다.

거대한 파도에 휩쓸리 듯 집에 도착하니 피로감이 몰려왔다. 친구들도 가는데 동생이 안 가는 건 말이 안 됐다. 떠밀리듯 가면 좀 어때? 이렇게 마음을 다잡았다.

냉장고 문을 열었더니 먹다 만 포도 주스가 눈에 들어왔다. 오렌지 주스를 좋아하는 나와 달리 포도 주스를 좋아하는 형을 위해 엄마가 사다놓은 것이었다. 형에게는 이제 포도 주스를 먹을 1초의 시간도 없었다. 그런 형한테 시간을 달라고 하다니 우습다. 내 욕심만 챙기는 거였다. 찬혁이 형의 말처럼 형한테 진 마음의 빚을 갚을 수 있을지도 몰랐다. 쪽팔림은 집어치워야 할 핑계였다.

창밖으로 천둥 번개가 치고 텔레비전에서는 장맛비가 쏟아질 거라는 일기 예보가 나왔다. 이튿날까지 비가 내린다고 했다. 비에 얼룩질 피켓과 사람들의 얼굴이 스쳤다. 조금이리도 그 상황에서 벗어나고 싶었다. 그때 휴대 전화 진동이 울렸다.

한참 동안 받지 않는데도 끊길 기미가 없었다. 누군지 보니 찬혁이 형이었다.

내 귀에 침울한 목소리가 울렸다. 천둥 번개 소리에 내가 잘못 들은 것인가? 다시 물었다.

"형, 뭐라고요?"

"재령아, 집회에 안 와도 돼."

갑자기 왜지?

"나도 관두기로 했어.

머리에 둔기를 맞은 듯 아무 생각이 들지 않았다. 동시에 왜지? 라는 의문에 답을 하듯이 며칠 전에 보았던 뉴스 속의 한 장면이 떠올랐다. 반값 등록금 시위 중에 쏟아지던 물대포와 차에 강제로 끌려가던 대학생들의 모습. 악다구니와 욕설이 난무하던 현장의 화면에 내 몸까지 얼어붙었었다. 찬혁이 형도 운이 없어 붙잡혀 갈 수 있었다. 나만은 피해갈 거라고 아무도 장담할 수 없었다.

늦은 밤, 식당에서 돌아온 엄마가 피켓을 보고는 간만에 미소를 띠며 말했다.

"글귀가 참 좋구나. 엄마도 꼭 갈게. 거기서 만나자."

"엄마가 그럴 시간이 어디 있다고 그래? 우리가 그런다고 형이 다시 살아 돌아오는 것도 아니고 등록금이 반값이 되는 것도 아니잖아."

"재령아, 웬 성질을 그렇게 부려!"

"찬혁이 형도 이제 안 간대. 그러니까 우리도 그만해."

엄마 눈이 내 속을 뚫고 있는 것 같다. 혼란스럽다. 원래의 내 자리로 돌아왔고 피켓 따위는 들지 않아도 된다. 원하던 대로 돌아왔는데 왜 화가 나는지 모르겠다.

다음 날 아침, 엄마는 식당에 전화를 걸어 그만두겠다고 말했다. 나는 모른 체했다. 한식 자격증을 따서 더 좋은 일자리를 알아볼 수 있기 때문일 거라고 짐작만 했다. 엄마 일이라면 빈틈없이 챙기던 형의 빈자리를 대신할 만큼 내가 큰 것도 아니다. 지금 나는 공부에만 몰입하면 된다. 공부만이 나의 피난처였다. 자고 일어나니 밤새 내리던 폭우가 잠잠해지듯 혼란스러움도 정리가 되는 듯했다.

학교에서 점심을 먹고 흐릿한 운동장 계단에서 민호와 범준이의 투덜거림을 듣고 있었다. 찬혁이 형 이야기를 해도 애들은 내 말을 믿으려 하지 않았다. 형이 오지 말랬다고 못 갈 건 없다, 그냥 가면 된다고 우겼다.

그때 띠링, 엄마한테서 문자가 왔다.

−재령아, 엄마 시청에 왔어.

−거긴 왜 갔어?

−아직도 화났어? 어떡하냐? 엄마 네가 만든 피켓 들고 서 있는데…….

무슨 뜻인지 이해할 수가 없었다.

−네 형이 기뻐할 일을 하고 싶었어.

문자를 뚫어지게 보았다. 무슨 일이 났는지는 그날 오후, 인터넷에 올라온 피켓을 든 엄마의 사진과 한 줄의 기사를 읽고서야 알았다.

자식을 잃은 안타까운 모정. 김명자(49) 씨가 시청 앞 광장에서 일인 시위를 하고 있다.

이순신 장군 동상 앞에서 엄마가 피켓을 들고 서 있었다.

아들의 목숨 값으로 8천만 원을 준 회사를 고발합니다. 그리고 그 돈을 받은 저를 고발합니다.

미친 등록금 NO! 착한 등록금 YES!

피켓을 들고 서 있는 엄마가 칼을 든 동상보다 크고 늠름해 보였다. 동상 너머로 시커먼 먹구름이 몰려오고 있었다. 곧 빗방울이 떨어질 것 같았다. 우산이라도 가져가야 했다. 다음에는 누구 차례지? 묻지 않아도 알 수 있었다. 형은 아무 대답도 할 수 없었다. 나 스스로 답해야 했다.

집으로 와 교과서를 꺼내고 물병과 수건, 우산을 넣어 가방을 멨다. 빼앗긴 것을 우리가 찾을 수 있을까? 이런 의문이 나를 무기력하게 했다. 미미한 내가 무얼 할 수 있을지 알 수 없지만 그것조차 받아들이기로 했다. 몰락한 자만이 일어설 수 있었다. 나는 문을 닫고 계단을 뚜벅뚜벅 올라 시청으로 향했다.

외톨이

대중이 웃고 있을 때
혼자 되는 나는 울지
사랑이 깊어 갈수록
외로움은 더욱 커져

처음부터 네가 외톨이는 아니었다.

뉴타운이 생긴 뒤 개교한 학교는 책상, 의자, 청소 도구함마
저 새것이었다. 모든 게 새것이고 나도 새것인 양 앉아 있었다.
그곳 어느 의자에 너도 앉아 있었으리라. 어색함이 곳곳을 무겁
게 누볐다. 처음은 늘 내 기를 죽게 만든다. 가뜩이나 같은 학
교 졸업생이 한 명도 없어 불리한 조건으로 시작하는 게임과도
같은 입학 날이다. 나는 초록색 칠판을 뚫어져라 쳐다보며 〈외

돌이〉란 노래를 속으로 내질렀다.

그런 분위기를 깨고 네가 입을 열었다. 담임으로 들어온, 얼굴색이 창백한 선생님에게 "선생님은 무슨 과목이세요?"라고. 생각해 보면 별 질문도 아닌데 2반 아이들은 너를 주목했다. 나 또한 호감 이상으로 끌렸다. 하얀 얼굴에 다른 아이들보다 큰 키, 가뭇가뭇 입 위에 번지는 수염까지. 초등학교 때와 달리 과목 담당 선생님이 있음을 알고서 질문하는 너. 너를 둘러싼 주위에 아우라가 느껴졌다.

"저는 회장 자리를 사퇴하겠습니다."

키가 큰 네가 우리를 내려다보면서 말하자 교실 전체가 수군거리기 시작했다. 선생님의 창백한 얼굴이 익숙해질 무렵이었다. 선생님의 얼굴에 그림자가 드리워지고 내 심장의 두근거림이 빨라졌다. "뽑아 주신 성의는 감사합니다만 죄송합니다."라고 말하며 학급 회장을 도와줄 수는 있지만 회장직을 맡을 만큼 책임감이 많지는 않은 것 같다고 했다.

"저는 조금 이기적인 것 같습니다. 제 자유를, 아니 제 시간을 빼앗기고 싶지 않습니다. 죄송합니다."

인사를 꾸벅 하고는 제자리로 돌아가는 너. 너의 입에서 불쑥 튀어나온 말, '자유'라는 말이 내 입에서도 맴돌았다. 알사탕을 굴리듯 '자유'란 말을 혀끝으로 굴려 보았다.

선생님은 "너 참 별난 놈이구나." 하고는 부회장에게 회장을, 아쉽게 떨어져 시름에 잠긴 내 앞의 긴 머리에게 부회장을 맡겼다.

"재민이는 잠깐 나 좀 보자."

선생님을 따라 나가는 너의 뒷모습을 눈으로 쫓는 건 나뿐만이 아니었다. 네가 나간 빈 자리에 회장, 부회장이 된 아이들이 초라하게만 보였다.

"개폼 잡고 있어. 찌질이 주제에."

뒷북이었다. 그 자리에서는 말 한마디 않다가 뒤에서 뭐라 구시렁거리는 녀석이었다. 아무도 뒷북의 말에 동조하지 않았다. 나 또한 마찬가지였다.

"쟤 뉴타운에 살지도 않아. 알아?"

뒷북이 아무도 들은 척하지 않자, 폭탄 발언이라도 하듯 터트렸다. 그러자 아이들이 "정말? 어디에 사는데?" 하며 관심을 보였다. 뒷북은 네가 저 북한산 쪽에서 버스 타고 오는 걸 봤다고 지껄였다.

나는 샤프 꼭지를 눌렀다. 튀고 싶은 뒷북의 말이 이어졌지만 내 귀에는 들리지 않았다. 아니, 난 그런 애들한테는 체질적으로 두드러기 반응을 일으켰다. 지금이 만화를 그릴 수 있는 절호의 기회였다. 샤프심이 더디게 나와 잇달아 꼭지를 톡톡톡 눌렀다. 내가 그리는 만화는 일본 만화에 나오는 주인공들이다. 쓱쓱 그리다 보면 어느새 필기 공책에는 주인공과 꼭 닮은 얼굴들이 눈썹을 치뜨고, 주먹을 움켜쥐고, 칼을 휘두르고 있었다.

공책의 사방에 만화 주인공들이 넘쳐나면 공부할 때보다 더한 희열을 느꼈다.

"야, 시욱이 그림 진짜랑 똑같지! 이 눈빛, 정말 죽이지 않냐?"

너는 내 그림을 아이들한테 보여 주면서 마치 자기가 그린 것처럼 떠벌렸다. 약간의 과장을 즐기는 너의 말이 싫지 않았다. 내 그림을 치켜세우면서 너의 단짝임을 은근히 공포해 주는데 누가 마다하겠는가?

너 때문에 별명이 샤프가 된 나. 너는 아침마다 친절하게도 8시 10분까지 모닝글로리 문방구 앞으로 나오라는 전화를 했고 화장실, 식당, 운동장 어디든 나를 데리고 다녔다.

어느 날, 잠을 자려고 하는데 엄마가 들어와 휴대 전화를 내밀었다. 화장실에 모르고 두고 온 휴대 전화 화면에는 '잘 자, 내 꿈꿔.'라는 너의 문자 메시지가 와 있었다.

"벌써 여자 친구 있어? 응?"

엄마의 얼굴이 일그러졌다. 나는 어이가 없어 대꾸도 안 했다. 엄마는 남자애들끼리 이런 문자를 주고받을 리가 없다면서 꼬치꼬치 캐물었다. 지금이 어느 땐데 여자 친구냐며 내가 여자랑 어쩌고저쩌고한 것처럼 야단이었다. 그때 아빠까지 들어와서 문자 메시지 하나 때문에 집안에 큰일이라도 난 것처럼 법석을 떨었다. 아빠한테는 여느 때처럼 담배 냄새가 났다. 나는 너를 설명했다. 아주 멋있고, 나와는 다른 친구라고. 나와 달리

소극적이지 않고, 카리스마가 있다는 말도 했다. 아빠는 좋은 친구를 얻으려면 좋은 친구가 돼 주어야 한다고 말하면서 피곤해 보이는 얼굴로 잠깐 미소를 짓다가 내 방을 나갔다.

"좋은 친구라고? 그럼 성적도 좋아?"

엄마의 이 말이 나를 화나게 했다. 엄마의 최대 관심사는 아들이 공부 잘하는 친구와 사귀는 거였다. 우스웠다. 아빠가 씻는 동안에도 엄마는 취조하듯 내 곁을 지켰다. 참을 수 없는 감정을 꾹꾹 누르면서 빨리 엄마가 내 방에서 나가 주기를 기다렸다. 엄마도 좋은 엄마는 아니라고 말하고 싶었다. 기다리다 결국 터트렸다.

"아, 빨리 나가. 나가란 말이야. 지금 졸려 죽겠어."

엄마는 눈이 휘둥그레져 내 방을 나갔다. 아빠의 밥상이 나를 살려 주었다.

다시 너에게서 문자가 왔다.

－문자 씹냐?

얼른 문자를 전송했다.

－울 맘의 잔소리를 안 듣고 살 수는 없을까?

－ㅋㅋㅋ 대학생이 될 때까지는 엄마의 잔소리를 양념처럼 들어야 해. 얼른 대학생이 되어 집을 탈출하고 싶어. 으으으.

너는 빨리 대학생이 되고 싶다고 했다. 나는 대학에 못 들어간다고는 한 번도 생각하지 않았다. 순진하게도 너한테 말을 들기 전까지 대학은 누구나 들어가고, 서울에 있는 대학도 노력만 하면 되는 줄 알았다. 네가 전문대라도 갔으면 좋겠다고 말할 때 영어 시간에 방아 찧지 말고 수학 익힘책에 뻘짓 같은 거안 하면 된다고 말하니까, 너는 웃기만 했다. 생각보다 너는 학업에 충실하지 않았다. 그 점이 좋았다. 하마터면 '엄마가 사귀라는 좋은 친구가 너였으면 좋겠다.'는 문자를 보낼 뻔했다. 자존심 강한 네게 그런 문자를 보냈다면? 엄지손가락으로 버튼을 누르다 등골이 오싹해졌다.

너와 밤새워 가며 문자를 주고받았다. 침대에 엎어져서. 그러다 왼쪽 어깨를 짚고 비스듬히 누워서 몸이 뭉친 듯 얼얼해지면 베이지색 천장을 올려다보았다. 졸린 눈을 비벼 가며 핸드폰을 사이에 두고 시간 가는 줄을 몰랐다. 여자 친구 따위는 필요 없었다. 재민이, 키다리 너만 있으면 나는 든든했다.

너의 곁에는 늘 셋 이상의 친구들이 딸려 있었다. 회장, 긴머리 그리고 호떡, 나. 부하들을 거느린 너는 늘 도서관만은 나를 데리고 다녔다. 네가 처음 보는 제목의 두꺼운 책을 고르고 읽는 동안, 나는 그 옆에서 휴대 전화로 게임을 즐겼다. 너는 특별활동도 나와 하길 원했다. 당연히 나도 도서반에 들 거라고 생각했던 너는 내가 만화반을 들겠다고 말하자, 무척이나 실망한 빛을 보이면서 처음으로 귀여운 신경질을 부렸다.

"배신자! 나를 배신한 자는 외톨이가 된다는 거 몰라?"

나는 내심 웃으면서 진한 우정 같은 걸 느꼈다. 이젠 키다리에게 샤프는 없어서는 안 될, 그리고 샤프에게 키다리는 없어서는 안 될 친구였다.

점심시간. 아이들이 빠져나간 화장실에서 너를 기다리고 있었다. 소독약 냄새와 신설 학교 특유의 냄새가 코를 찔렀다. 불쾌한 냄새와 정적이 주는 초조감에서 벗어나고 싶을수록 기다림은 지루하기만 했다. 게임으로 시간을 때우다가 고개를 갸웃거리고는 급히 식당으로 향했다.

계단을 내려와 1층의 북적대는 식당에 서 있었다. 식당의 한가운데에 너는 회장, 긴 머리, 호떡이랑 노란 카레를 뜨면서 재잘대고 있었다. 식판을 긁는 소리, 왁자한 소음, 웃고 떠드는 소리가 내 몸에 달라붙었다. 그리고 잊힌 나를 보았다.

문득 어제 일이 떠올랐다. 담임이 종례를 마치고 나가자 너는 먼저 도서관에 가서 기다리라고 했다. 3층 도서관에는 나 혼자 있었다. 책들로 둘러싸인 도서관에서의 기다림은 숨이 막힐 지경이었다. 늘 책을 빌리고 반납하는 너의 일과와 함께 하면서도 나는 책과 친해지지 않았다. 너와 같아지고 싶지 않은 고집스러움이었다. 문학 코너는 800번대로 시작한다는 것이 내가 도서관에 대해 아는 정보의 전부였다.

한참을 기다려도 너는 오지 않았다. 급하게 1번을 눌렀다.

"미안, 깜박 잊었어. 나 지금 애들이랑 떡볶이 먹고 있어. 얼른 와."

도서관에서 기다리라고 해 놓고 너는 딴 곳에서 떡볶이를 먹는다고 통보했다.

"야, 여태 기다렸어? 기다리다 안 오면 빨리 전화라도 해야지! 너 왜 그렇게 멍청하냐."

비웃듯 말하며 전화를 끊는 너의 목소리가 귓가에 쟁쟁거렸다. 무조건 네가 오기를 기다린 게 몇 분쯤일까? 네가 언젠가는 오겠지,라고 믿으며 얼마나 기다렸을까? 만화 주인공의 얼굴, 몸, 손등의 힘줄까지 그리고도 남았을 시간이다. 무작정 너를 믿고 기다린 내가 한심스러웠다.

혼자서 쇳소리 나는 식판을 긁다 보니 쇠로 만든 국과 밥을 먹는 것 같았다. 쇳가루가 토해져 나올 것 같았다. 밥을 먼저 먹은 아이들이 내 곁을 지나갔다.

다음은 체육 시간. 탈의실에는 남자아이들의 땀 냄새와 살 냄새가 진동했다. 너는 체육복으로 갈아입고서 나를 기다렸다. 느릿느릿 체육복을 입었다.

"화장실에 왜 안 왔어?"

네게 묻는 내 목소리는 내가 들어도 낯설었다.

"야, 미안하다고 했잖아!"

"화장실에서 기다리라고 해 놓고 왜 안 왔냐고!"

나는 폭발했다. 참을 수가 없었다. 나를 그저 장난감처럼 갖고 논 너를 용서할 수가 없었다.

"야, 그깟 일로 쩨쩨하게 그러냐."

더 이상 참으면 나는 그 자리에서 2반의 쩨쩨한 남자로 영원히 불리게 될 테다. 지금이 그걸 날릴 기회임을 내 촉각이 말해 주었다. 너의 입을 향해 주먹을 날렸다. 너의 원심력에 휘둘리고, 천 원이면 아무 때나 살 수 있는 샤프쯤으로 가벼이 여긴 무례함에 대한 한 방을. 너는 몰랐다. 시키면 시키는 대로 하는 졸개로 여길까 봐 내가 조바심 낸다는 것을.

아이들이 너와 나를 뜯어말렸다. 너는 키만 컸을 뿐 고무줄처럼 가늘고 매가리도 없었다. 반면 내 뼈는 굵고 단단했다. 그걸 확인하면서 너를 외톨이로 만들고 싶은 충동이 밀려왔다.

처음으로 너와 하교를 하지 않고 먼저 나왔다. 내 주위에 아무도 없을 줄 알았는데, 호떡이 내 뒤를 쫓아왔다.

호떡의 자전거가 끽끽거렸다. 체인 돌아가는 소리와 호떡의 거친 숨소리가 맞물려 돌아가며 나를 따라왔다.

"야, 펀치 죽이던데!"

"키다리 걔, 그냥 뻗던데. 큭큭큭."

호떡은 연거푸 말을 뱉어 내면서 혼자 키득거렸다. 호영이가 호떡이 된 사연이 담긴 웃음소리였다. 너의 말 한마디, '너, 호영이는 이제부터 호떡이다.'라고 하자마자, 아이들은 박장대소를 하며 동조했다. 그 다음부터 아무도 호영이를 이름으로 부르지 않았다. 넓적하고 둥그런 얼굴에 이름까지 호떡으로 불리기에 안성맞춤이라고 맞장구쳤던 나. 어떤 저항도 보이지 않던 호영이도 어쩌면 그 별명이 까무러치게 싫었을지 몰랐다.

"네 집은 저쪽이잖아!"

나는 혼자 있고 싶었다. 호떡이 옆에 있는 게 싫지는 않았지만 좋지도 않았다.

621동 앞까지 왔을 때였다.

한 마리 까마귀처럼 울고 있지
검은 슬픔이 온 세상에 퍼지고
사랑도 이별도 모두모두 소멸되지

이어폰에서 터져 나오는 랩 가사가 마음의 벽을 두드렸다. 마음의 문이 있다면 이제 너에 대한 내 마음은 닫혀졌다. 몇 분이 흘렀는지 노래가 끝나고 다음 곡으로 바뀌는 짧은 찰나에 발을 멈추었다.

네가 자전거 위에서 나를 기다리고 있었다. 정지된 내 앞으로 너의 자전거가 시나브로 다가왔다.

"야, 너 진짜 속 좁게 이러기야!"

너의 말투는 원망이 가득했지만 5월의 부드러운 바람처럼 살랑거렸다. 내 이성은 그걸 감지했지만 이미 오른발이 너의 자전거 앞바퀴를 힘껏 걷어차고 있었다. 네가 자전거 무게에 눌려 바닥에 철퍼덕 쓰러졌다. 네 몸 위로 올라가서 너의 코를 향해 주먹을 날렸다. 빨간 핏덩어리가 주르르 입가로 흘러내렸디. 너의 입술과 목덜미까지 빨간 핏물로 범벅이 되었다. 네가 무어라 말하는 소리가 빨간색에 묻혀서 들리지 않았다. 아마도 승리의 빛깔은 이 빨간색이겠지.

승리감은 학교에서도 나를 도취시켰다.

호떡이 찍은 짧은 동영상이 반 아이들에게 돌려졌다.

"야, 진짜 찌질이잖아. 코피 흘리는 거 봐."

"쟤, 우는 거 맞지?"

수학 선생님이 나가자마자 회장이 뒤돌아서서 누가 들으란 듯 소리쳤다.

"너 죽어!"

아이들이 일제히 웃었다. 네가 코피를 훔치며 한 말. '너 죽어!'란 말. 회장, 긴 머리, 호떡이 이 말을 주고받으며 말하다 1교시가 끝나고서는 2반의 유행어가 되었다. '너 죽어!'란 말은 '나 죽겠으니까, 더 때리지 마.'라고 애걸하는 비굴 모드로 바뀌었다.

너는 어깨를 움츠리고서 패잔병처럼 앉아 있었다. 반면 나는 한껏 여유와 거드름을 부리며 만화를 그렸다. 만화나 그리는 샤프의 주먹이 그렇게 셀 줄은 몰랐다나! 호떡의 감탄 섞인 목소리가 내 귓가를 간질였다. 방금 그린 만화 속 주인공이 한쪽 눈을 찡긋하며 내게 윙크를 해 주었다.

너의 당당함은 아무것도 아닌 것으로 판명 났다. 그저 입만 산 찌질이로, 독서왕이란 타이틀은 허접함으로, 공부도 못하고 주제도 모르는 놈으로 바뀌었다. 더욱 뉴타운에 살지 않고 집도 가난하다는 사실로 아이들은 너를 이편 저편에도 못 끼게 했다. 우리의 함수관계는 처음과는 반대로 달렸다.

운동장 모래가 햇빛을 반사하며 열기를 땅 위로 뿜어냈다. 나, 긴 머리, 호떡은 운동장을 건너 정문을 빠져나가다 웅성거리는 아이들 쪽으로 몰려갔다.

갈색 담벼락에 굴렁쇠가 타원형으로 그려져 있었다. 굴렁쇠는 청명한 생태도시를 상징하는 그림 중의 하나였다. 나무숲을 달려가는 단란한 가족. 앞서거니 뒤서거니 하며 달리는 탐스런 꼬리를 가진 누렁이의 컹컹거림이 들릴 듯한 그림은 아직도 아파트 공사 중인 금속 바리케이드에 조잡하게 그려져 있었다. 굴렁쇠는 자음과 모음의 삐뚤빼뚤한 낱말 곁을 지나고 있었다.

"완전 미쳤어."

긴 머리가 새된 소리로 외쳤다. 뒷북과 우리 반 애들이 눈에 많이 띄었다. 여자애들이 쑥덕거리며 나를 보았다. 동영상 이후, 나는 여자애들의 묘한 시선을 느꼈다. 그건 좋은 것도, 나쁜 것도 아니 알 수 없는 시선이었다.

"그 자식 짓이 뻔해."

호떡이 분한 얼굴로 말했다. 내 눈에 검은색 펜으로 담벼락에 괴발개발 쓰인 글씨가 들어왔다.

'주먹 세다고 자랑이나 하고, 이 좀팽이야.'

온몸이 오그라드는 것 같았다.

"야, 가만둘 거야? 한 번 더 갈겨서 이런 짓 못 하게 해야지."

긴 머리가 특유의 빽빽대는 소리로 말했다.

'저건, 키다리 글씨 아니야. 저건!'

너의 글씨체를 모를 리가 없다. 담벼락에 갈겨쓴 글씨체로 너의 글씨를 분간할 수 없지만 속으로부터 올라오는 목소리는 '네 짓이 아니야.'였다.

하지만 내 생각은 결정권이 없었다. 여러 아이들이 집합으로 웅성거리는 소리는 내 생각을 쓰나미처럼 휩쓸어 버렸다. 즉시 그곳은 반 키다리 집회 장소로 변했다. 나는 키다리를 혼내 줄 주먹 짱이 되어 있었다. 주먹 짱이라니, 한 번도 원한 적 없었다. 단지 외톨이만 아니면 되었다. 만약 내게 용기가 있었다면 '난 싸움 같은 건 안 해!'라고 말할 수 있었을까?

"키만 컸지 매가리도 없어."

"걔네 지지리 가난하고 아빠는 쓰레기 청소부래."

"초딩 때도 입만 살았다고 왕따였대."

노란 여드름이 말하자, 짧은 치마가 줄줄줄 되받았다. 그동안 너에 대해 듣지 못했던 말들까지 쏟아져 나왔다. 내가 알기로 너희 아빠는 쓰레기 청소를 도와주는 용역업체 사장이다. 그런데 어느새 쓰레기 청소부로 바뀌어 있었다.

"청소부가 아니라 청소부들을 관리하는 용역업체 사장이야. 근데 걔네 엄마 새엄마야."

나는 그 말을 왜 했을까?

아이들의 표정은 먹잇감을 잡은 사마귀의 눈빛 같았다. 나까지 너를 욕하고 거들자 일이 일사천리로 진행되었다.

결투의 날이 잡히고 장소와 시간까지 정해지는 사이, 나는 그 자리를 뜨고 혼자서 집으로 향했다. 학원을 빼먹고 무작정 걸었다. 너를 향한 배신감과 싸울 것까지는 없다고 말 못한 무력감이 마음속에서 서로 싸웠다.

너한테만 열려 있던 내 귀. 다른 아이들의 말에는 귀머거리가 되어 있었다. 호영이의 별명도 그렇고, 남의 자리에 앉은 찜찜함으로 자리를 맡은 회장의 투덜거림도 듣지 못했다. 모든 게 너 때문이었다.

아이들이 원하는 대로 네 짓임을 인정하고 결투를 해야 할까?

학교를 벗어났는데도 머리가 지글지글 아팠다. 학교 건물 냄새가 집까지 따라와 내 후각을 자극했다.

나는 푹신하고 어두컴컴한 곳에서 다리를 쭉 펴 보았다. 이제 다리를 펴기에도, 두 팔을 벌리기에도 좁았지만 나를 숨겨주는 이곳, 장롱 속이 좋았다.

일곱 살 때 이곳에서 깜박 잠이 들었다. 엄마, 아빠가 아들을 잃어버린 줄 알고 파출소에 신고를 하고, 동네방네 이 잡듯 뒤질 때까지 나만의 자유를 만끽했다. 이불에 오줌을 싸 놓고 울다가 들킨 뒤에 멍이 들 정도로 엄마한테 맞았다. 아픈 기억은 나를 더욱 유혹했다. 그날 이후, 문을 닫고 들어와서 누가 나를 찾나 술래잡기를 했다. 사 달라고 하는 장난감을 못 받았을 때, 내 짝이 울보라고 놀렸을 때, 태권도 승급 시험에서 떨어졌을 때, 이 동네로 이사 오는 바람에 6학년 반 아이들과 다른 학교로 배정되었을 때. 엄마 치마폭에 숨는 일이 부끄러워지면서부터 장롱은 동굴보다 안전하게 나를 보호해 주었다.

이곳을 나가면 일이 해결되었다. 아빠가 퇴근길에 장난감을 사 오고, 내 짝이 선생님한테 혼나고, 태권도 시험에서 떨어진 아이가 많다는 사실을 인정하게 되고.

그 옛날처럼, 여기에서 나가면 내가 너를 때리지 않아도 될 일이 생길지도 몰랐다. 장롱 속으로 들어갔다 나온 〈나니아 연대기〉*의 아이들처럼, 어떤 변화가 나를 기다리고 있기를 바랐다. 친구가 많아졌음에도 외톨이가 된 듯한 이 기분까지도.

엄마 발소리가 들리고, 불빛이 새어들어왔다.

전화벨이 울리고 엄마가 잰걸음으로 뛰어가는 소리가 들렸다. 쿵쿵쿵, 가슴이 뛰었다. 얼마 뒤, 다시 방으로 들어온 엄마는 장롱 옆에 있는 서랍장을 뒤적거렸다. 핸드폰을 위로 올려서 시계를 확인하고, 그동안 온 문자들을 확인했다. 호떡, 긴 머리 그리고 뒷북이었다. 뒷북이 언제부터 너와 친해진 거지? 결코 결투를 피하지 않겠노라며 비장하기까지 했다. 그러나 너한테서는 아무 연락도 없었다.

---

*〈나니아 연대기〉: 영국의 영문학자인 C. S. 루이스(1898~1963)의 대표작으로, 옷장을 통해 신비한 세계로 들어간 아이들이 그곳에서 여러 가지 환상 모험을 겪는 동화이다.

엄마가 방을 나가는 소리가 들렸다. 빠져나갈 궁리를 하고 있는 사이, 하필 아빠가 방에 들어왔다.

"밥 금방 차리니까 속이라도 채우고 가."

엄마 목소리가 들렸다.

"밥이 문제야? 얼른 가 봐야지."

아빠는 옷을 갈아입는 것 같았다.

"저녁에는 추울 거야. 점퍼도 챙겨."

서랍을 뒤적거리는 엄마의 손놀림이 분주했다.

"며칠 못 들어올 거야."

깊은 웅덩이에 빠진 것 같은 아빠의 목소리였다. 장롱 속처럼 빛 하나 없는 침울한 음성. 아빠의 저런 목소리는 처음이었다.

"회사 쪽에서 일방적으로 사람들을 자르다니, 어디 억울해서 살겠어!"

엄마 목소리에는 분함이 서려 있었다.

"하는 데까지 해 보고, 안 되면?"

"안 되면 이젠 우린 어떻게 살아!"

엄마는 결국 흐느꼈다. 엄마가 소리를 내어 우는 것도, 아빠의 저런 목소리도 낯설었다.

"그만 해. 당신이 툭하면 우니까 시욱이도 당신 닮아서 울보라고 놀림받고 그러잖아."

"옛날 얘기는 왜 해."

맞다. 다 지난 이야기다. 아빠는 아직도 내가 울보라고 여기는 것 같았다. 기분이 나빴다. 주먹 짱으로 등극한 나를 언젠가는 자랑스레 보여 줘야겠다.

"여보, 몸조심해. 제발. 끝까지 하지 말고 죽는 시늉만 해. 응?"

"죽느냐, 사느냐야. 이 집을 지키려면 죽을 때까지 싸워야 해."

돌멩이라도 삼킨 듯 아빠 목소리는 단단하고 무거웠다.

"시욱이한테는 출장 갔다고 해."

내가 아무것도 모른다고 생각하는 듯하자, 당장 장롱 문을 열고 나가서 다 안다고, 모르지 않는다고 소리치고 싶었다. 하지만 마음뿐 장롱의 무언가가 나를 끌어당기는 것 같았다.

아빠가 문을 열고 나가는 모습을 문틈으로 보았다. 청바지로 바꿔 입은 아빠의 뒷모습이 스치듯 사라졌다. 아빠가 지금 가는 곳이 어디일까? 밤새워 가며 일하던 광고 회사는 이제 아빠가 필요 없다고 나가라고 한다. 아빠는 차가운 마룻바닥에서 주먹을 움켜쥐고 목청이 터져라 복귀를 외치겠지. 아빠가 만든 광고와 문구는 지금도 텔레비전을 켜면 나오는데, 왜 아빠는 일할 수 없는 걸까?

엄마는 밤늦도록 전화를 붙들고 있었다. 그렇게라도 해야 긴 밤을 견딜 수 있을 테니까. 내가 장롱에서 나와 학원에 갔다 온 것처럼 책가방을 메고 현관으로 들어오는 척하는 것조차 보지 못했다.

희끗희끗 자국이 남아 있는 담벼락을 지나쳤다. 좀팽이의

'팽'자가 얼룩이 져서 흐물흐물 보였다. 그날 이후부터 아이들은 낙서를 즐겼다. 글자와 낙서들이 줄줄이 이어져서 지우기 바쁘게 또 다른 글씨와 그림들이 담벼락을 장식했다.

호떡, 긴 머리를 데리고 정문을 빠져나갔다.

멀리 아래로 학교 운동장이 보이는 산기슭에 모였다. 아이들의 교복에는 저마다 이름표가 붙어 있었지만 이름을 부르는 사람은 선생님밖에 없었다. 내 휴대 전화에 저장된 것도 이름이 아니라 별명이고, 우리들끼리도 이름 같은 건 부르지 않았다. 노란색 플라스틱 명찰 위에 검은색으로 쓰인 이름, '이재민'이란 글자가 모르는 영어 단어처럼 생소하게 보였다.

여기까지 오고 말았다. 싸움. 아이들이 멋지게 이름 붙인 결투라고 하는 이 짓을 나는 피하고 싶었고, 네가 받아들이지 않기를 바랐다. 너한테서 연락이 오기를 기다릴수록 초조했고, 그러다 일주일이 지난 마지막 토요일이 오고 말았다.

아이들은 수업이 끝나자마자 약속이나 한 듯이 이곳으로 올라왔다.

내가 어느새 먼저 소리를 높이고 있었다.

"할 말 있으면 직접 와서 말할 것이지, 치사하게 담벼락에 낙서를 해."

호떡이 휘파람을 불고 긴 머리가 박수를 쳤다. 그리고 다른 아이들도 우우우 함성을 질렀다. 점차 달아오르는 분위기에 내 목청은 하늘 높이 뻗었다.

"어쩔 거야? 미안하다고 하면 없던 걸로 할게."

나는 진심으로 싸우고 싶지 않았다.

"샤프 너, 정말 그걸 내가 쓴 거라고 생각해?"

가슴이 따끔거렸다. 네가 안 했다면 진작 나한테 문자라도 보냈어야 했다. 지금은 너무 늦었다.

"이제 와 발뺌하지 마."

"난 그런 거 쓴 적 없어. 내가 썼다는 증거 있어?"

너는 당당하고 침착했다. 그럴수록 몸에서 불이 나는 것 같았다.

"너!"

너는 고개를 치켜들며 나를 손가락으로 가리켰다.

"이 싸움은 네가 이길 게 뻔해, 난 주먹이 세지 않으니까. 내가 이 싸움을 받아들인 이유는……, 너는 내 비밀을 폭로했어. 알아? 자, 어디 한번 쳐 봐. 이 비겁하고 입 싼 놈아."

즉시 달려가 오른발을 뻗었다. 그리고 주먹을 날렸다. 오른발이 닿지 않았지만 주먹은 얼굴을 휘갈겼다. 악, 하고 네가 외마디 비명을 지르며 더북더북 자란 풀 가운데로 엉거주춤 자빠졌다. 내 주먹은 금속처럼 단단하고 날렵했다. 다시 왼발을 뻗어 네 정강이를 내리쳤다. 너는 맞지 않으려고 팔을 휘두르고 발을 뻗었지만 젤리처럼 물컹할 뿐 힘도 정확도도 없었다. 주저앉은 너는 일어설 힘마저 없어 보였다.

"비겁한 놈. 윽."

너의 입에서 신음이 새어나왔다.

"그래, 주먹 맛 좀 봐. 나도 내 주먹이 이런 줄 몰랐다. 새엄마 얘기해서 기분 잡쳤다고? 먼저 거짓말하고 나를 빼돌린 게 누군데?"

다시 코피가 흘렀다. 너의 얼굴이 피로 물들고 내 손에도 피가 묻었다. 그때 하필 네가 언젠가 한 말이 스크린에 자막이 박히듯 떠올랐다.

'아빠랑 새엄마, 새엄마가 데리고 온 여동생 사이에 끼어 밥을 먹을 때면 내가 데리고 온 아이 같아 얼른 먹고 일어나. 아빠도 내 눈을 피해 버려. 그냥 이대로 살자고, 복잡하게 생각지 말자고 말하는 것 같아.'

새엄마란 소문이 떠들썩하게 퍼졌음에도 반 아이들은 그 점만은 건들지 않았다. 그나마 다행이라 여겼는데, 역시 너는 아파하고 있었다.

산기슭에는 새소리조차, 바람소리조차 잠잠했다. 피가 나왔으니 게임은 끝났다. 나는 일어서서 손에 묻은 피를 교복 바지에 슥슥 닦았다. 갈색 교복 바지에 빨간 얼룩이 묻자 엄마, 아빠 얼굴이 떠올랐다. 제기랄, 얼른 손 닦는 걸 그만두었다.

그때 뒷북이 다가와 가방에서 휴지를 꺼내 너를 닦아 주며 나를 노려보았다. 나와 눈이 마주쳤지만 이내 시선을 거두었다. 촐랑대는 뒷북 같은 애를 보면 두드러기가 나는데, 자꾸 내 몸 어딘가에서 두드러기가 올라오는 것 같았다.

호떡과 긴 머리, 우리 편 아이들이 내게로 몰려왔다. 그리고 보이지 않던 회장도 뒤늦게 어슬렁거리며 다가왔다.

"이젠 그만 짓 하지 마. 뭘 봐? 띠껍냐?"

긴 머리가 너와 뒷북에게 어깨를 들이밀며 윽박질렀다. 뒷북이 휴지를 내팽개치며 침을 뱉었다. 거기까지였다.

우리 편이 먼저 산기슭을 내려왔다. 승리감에 도취되기는커녕 패배감 이상으로 찜찜하기만 했다. 이런 걸 더러운 기분이라고 하나.

"알아? 그거 내가 쓴 거?"

학교 담벼락을 지나고 삼거리를 지날 때쯤 회장이 툭 내뱉었다. 애들이 킥킥대며 웃어 제꼈다. 어이없어서 말을 잃고 섰다가 신발에 묻은 흙이 눈에 들어왔다. 갈색과 붉은 돌이 규칙적으로 늘어선 말끔한 보도블록 위에 흙 묻은 신발이 외롭게 보였다. 하늘이 노랗게 보였다. 방향 감각을 상실하고 길을 잃은 듯 멈춘 채 서 있었다.

"키다리 그 자식이 지가 양보해서 내가 회장된 거라고 쫄따구 취급하잖아. 그 꼴 보기 싫었는데, 시욱이가 주먹으로 한 방 갈기는 거 보고 내가 써 갈긴 거야."

아이들은 내 주먹을 믿고 나중에는 무얼 요구할까? 갑자기 움켜쥔 내 주먹이 외톨이처럼 느껴졌다. 손톱 밑에 낀 빨간 너의 피가 나를 비웃는 듯했다.

구름은 무슨 맛일까?

지금, 나는 구름을 맛보고 있다.

집에 오자마자 냉장고 문을 열었다. 담배 다섯 개비가 있었다. 왜 그런지는 모르지만 아빠는 가끔씩 담배를 냉장고에 넣었다. 오늘, 때마침 이렇게 손쉽게 담배를 구하도록 도와준 무방비가 고마울 뿐이다.

"네가 나 좀 위로해 주라."

기말고사 시험을 망쳤다. 점수가 나오면 내가 망가질 차례이다. 담배를 시작하기에 이보다 충분한 이유가 없다. 거실에 나뒹구는 일회용 라이터를 켜서 생애 첫 담배를 빨았다. 꽁지에 불이 붙자 입으로 흡 필터를 빨아들였다. 순간 목구멍이 칼로 후벼 파듯 따갑고 눈물이 핑그르르 돌았다.

"켁켁, 맛이 뭐 이래?"

눈앞이 뿌예지고 머리가 핑 돈다. 왜 이걸 구름과자라고 했지? 뭉게구름을 기대한 건 아니지만 이건 너무하다. 아마도 먹구름 맛이나 이러겠지? 아빠한테 또 속은 기분이다. 이런 고약한 걸 가지고 구름과자라고 하다니.

연기의 입자들이 가뭇없이 사라졌다. 그 속에서 아빠의 모습들이 하나둘씩 떠올랐다. 한때는 내게 하늘이고 전부였던 사람이었다.

다섯 살, 뭉게구름이 떠 있는 하늘 아래였을 것이다. 한강의 출렁이는 오리 보트 안에서 아빠가 말했다.

"무서워하지 마. 아빠가 있잖아."

거인과 맞짱을 뜰 만큼 힘세고, 줄넘기 500개도 휘리릭 넘고, 노래까지 잘하는 아빠가 내 곁에 있었다. 시커먼 한강 물이 나를 집어삼킨다 해도 겁날 게 없었다. 마음을 그렇게 다잡았건만 나는 보트 밖으로 나오자마자 오줌을 싸 버렸다. 가랑이 사이로 흐르는 따뜻한 물줄기에 수치심이 달아올랐다.

"사내자식이 이렇게 마음 약해서 어디 쓰겠어."

그 말이 한강에 빠뜨린다는 말처럼 들렸다.

그로부터 5년 후, 초등학교 2학년 겨울 방학 때 눈썰매장에서 아빠가 말했다.

"엄마 몫까지 아빠가 잘할게. 아빠만 믿어."

아빠는 어떤 변명도 없이 엄마를 떠나보냈다. 내게서 엄마를 떼어 놓았다. 그러고는 미안하다는 말 한마디 없이, 무슨 생각을 하는지 알 수 없는 표정으로 나를 굽어볼 뿐이었다. 흰 눈에 반사된 눈썰매장의 빛줄기가 내 눈을 찔렀다. 얼어붙은 듯이 할 말을 찾지 못해 입을 비죽거리다 급기야 눈물을 쏟아 냈다.

이 세상에는 두 종류의 아이가 있다. 엄마와 같이 사는 아이와 같이 살지 않는 아이. 나는 이제 영원히 엄마의 그림자조차 밟을 수 없게 되었다. 그런데 아빠라는 사람은 그깟 일로 운다고 나무라기만 했다. 몸에서 무언가가 빠져나가는 것 같았다. 진짜 나는 버려져 홀로 눈썰매장 꼭대기에 남겨졌다. 빈껍데기만이 노란색 플라스틱 썰매를 타고서 저 언덕 아래로 곤두박질 쳤다.

다시 5년이 흘렀다. 중학교 1학년 교복을 맞추러 가는 날, 아빠가 누군가를 데리고 왔다.

"이 분이 네 교복을 잘 골라 줄 거야."

"안녕, 재민아."

유난히 큰 손으로 내 머리카락을 쓸어내리던 여자. 그 큰 손이 차라리 내 볼기짝을 때리고 머리카락을 흔들면 낫겠다 싶었다. 새엄마가 동화 속의 팥쥐 엄마 같지 않아서 더 불행했던 주인공이 나였다. 여자의 목소리, 걷는 모습, 그 어떤 것도 마음에 들지 않는데 단지 아빠의 여자이기에 엄마라고 불러야 했다.

엄마, 엄마 부르다 보면 정이 들 거라는 거짓말을 들어야 했다.

이제 더 이상 속지 않을 것이다. 마지막 연기 입자가 퐁 터지며 눈앞에서 사라졌다.

거듭 구름 맛을 보려면 네 개비 남은 담배는 아껴 두어야 한다는 걸 본능적으로 알았다. 두 번째를 기다리기로 했다. 베란다 너머로 먹구름이 몰려오고 있었다. 비가 쏟아질 것 같았다.

동수가 코앞에 얼굴을 들이대면서 좁은 담벼락 틈바구니에 나를 밀어붙였다. 눈앞에 번들거리는 땀구멍이 확대되어 보이고, 거친 숨소리가 귀에 달라붙었다. 고개를 내뺐으나 쓰레기 냄새와 개똥 냄새가 진동했다. 하필 이런 곳일 게 뭐람! 학원에 가야 할 시간인데 강아지처럼 나를 쫓아와서는 뜸을 들였다.

"이번엔 진짜야. 제발 믿어 줘."

자신의 사랑이 이번에는 진짜라고 말하고 있는 거다. 과거와 미래는 늘 가짜이고 현재만이 진짜였다.

"알았어. 근데 나한테 무슨 할 말이 있는데?"

동수는 쭈뼛거리며 운동화로 흙바닥만 파고 있었다.

"나 이런 모습 처음이지? 그치?"

"응."

조금 성의 없는 답변이라 해도 할 수 없다.

"알겠어. 나도 네가 그 애, 수빈이를 진짜 좋아하는 것 같아.

근데 뭐가 문젠데?"

나는 며칠 전부터 이미 알고 있으면서 묻고 있다. 아무에게나 사귀자고 하고 좋아한다는 말을 남발하는 동수가 이번 여자애, 수빈이한테는 입이 떨어지지 않는다고 했다.

"누가 내 입을 호치키스로 찍어 놓은 것 같아. 그래서 말이야……."

동수의 다음 말을 들었다.

"뭐라고?"

나는 식겁했다.

"수빈이한테 네가 사귀고 싶어 한다고 말하라고? 내가?"

참, 친구 때문에 별일에 다 끼어들게 생겼다.

"너랑 같은 학원에 다닌대."

동수가 나지막하게 말을 끝맺었다. 이건 억지이고 협박이다. 동수는 "절친이 그것도 못해?"라며 절망과 희망이 섞인 눈빛으로 나를 보았다. 동수와 함께 한 2년이란 시간이 나를 걸고넘어질 줄이야. 생일빵으로 받은 문화상품권 3만 원을 도로 돌려주고 없던 걸로 하고 싶다. 게임머니도 죄다 돌려주리라. 누구 말대로 거절 못하는 약한 마음을 당장 개똥에 짓뭉개고 싶다.

책상 서랍 깊숙한 곳에 숨겨 놓은 네 개비의 담배가 떠오른다. 아, 빨리 혼자이고 싶다. 집으로 와 담배 한 개비를 물었다. 한 모금은 거절하지 못하는 나를 위해 빨고, 한 모금은 어떻게 하면 연애 중개인 역할을 탁월하게 해낼지 고뇌하며 빨았다. 몇 번 빨다가 여전히 칼끝 같은 담배꽁초를 화장실 변기에 버렸다. 꾸룩꾸룩 소리와 회오리 물결 속에 소심한 내가 쓸려 내려가기라도 했으면 좋겠다. 다섯 개비를 피우고 난 뒤의 내 모습을 상상했다. 강한 남자, 칼끝에도 눈 하나 깜짝 않는 사나이. 그때 덜컥 문 열리는 소리가 났다. 누구지? 이 시간은 나만의 시간인데? 재희가 헐레벌떡 뛰어와 화장실 앞의 나를 밀치더니 배를 끌어안고 사색이 된 얼굴로 화장실에 들어갔다. 재희는 어린 것이 자주 배앓이를 했다. 잠시 뒤 화장실 문이 열리고 여전히 창백한 낯의 재희가 나를 쏘아봤다. 무슨 말인가를 할 듯 말 듯 하더니 현관 앞에서 툭 한마디를 던졌다.

"오빠, 1학년 때 친구랑 싸우고 코피 흘려서 교복 빤 적 있지?"

그 일을 떠올리면 시간이 마치 마술 같다. 2년 전 일인데도 2분 전에 일어난 것처럼 생생하다. 맞을 줄 알면서도 우리 반 짱의 결투를 받아들였고 일방적으로 얻어맞다가 코피를 흘렸다. 새엄마의 존재를 까발린 그 놈이 미안하도록 코피가 연거푸 쏟아지길 바랐다. 그날 교복에 묻은 붉은 얼룩을 닦다가 재희한테 들켰었다.

재민이와 재희. 꼭 친남매 같은 이름 때문에 소름이 돋는다. 그러나 엄연히 내 성은 김이고 재희의 성은 박이다. '재'라는 글자가 같다고 우리가 남매일 수는 없다. 내가 엄마 앞에 '새'자를 안 붙이고, 재희가 아빠 앞에 '새'자를 붙이지 않아도 알만 한 사람은 다 사정을 알고 있다.

'갑자기 2년 전 일은 왜 꺼내는 거야?'

"오빠가 변기 막힌 거 뚫고 가. 엄마한테 들키기 전에."

재희가 나간 뒤 변기통에서 맴돌고 있는 담배꽁초를 보았다. 똥물 속에 담배꽁초가 떠다니고 있었다. 넘치기 직전이었다. 매스꺼움이 올라왔다. 중요한 타이밍을 꼭 세 살 어린 동생한테 들켰다. 능구렁이 같다. 누구를 닮아서 저럴까? 엄마나 아빠한테 확 지르지 않는 아이여서 다행이라는 생각보다 얄밉고 무서운 맘이 더 컸다. 벌써 두 번의 빚을 졌는데 나중에 무얼 요구할지 겁이 난다.

며칠 뒤, 우리 집에 이상한 일이 생겼다. 아빠가 금연을 선포했다. 담뱃진이 묻어 누렇게 변한 이빨을 드러내면서 말이다. 우습다. 아들은 담배를 피우려고 발버둥을 치는데 아빠는 금연이라니! 역시 우리 집은 손발이 안 맞는다. 아빠네 회사는 금연빌딩이라서 지정된 흡연 구역에서만 담배를 피울 수 있었다. 그런데 점점 금연하는 사람이 늘어나는 게 문제였다. 흡연자들이 궁지에 몰렸다. 특히 아빠 부서의 담당 이사가 담배 피우는 사람에게 불리한 인사 고과를 매긴다고 해 금연은 필수이자 생존의 조건이 되어 버렸다.

아빠는 인터넷 금연 사이트에 들어가서 금연 정보를 문자로 받고 니코틴 중독 상태, 폐암 위험 가능성, 금연 의지 지수 등을 알아보는 자기 진단 프로그램을 해 봤단다.

"담뱃값만 아꼈어도 우리가 다섯 평은 더 넓은 집에서 살 수 있었겠더라고."

"어머, 정말?"

엄마 목소리가 배의 단물처럼 달달했다.

"맞아요. 여보. 난 차라리 만 원으로 올랐으면 좋겠어. 그럼 어디, 담뱃값 무서워서 피우겠어?"

아주 죽이 잘 맞는다. 나도 이참에 그냥 중단할까? 나는 포크로 배를 찍 눌렀다.

"OECD 국가 중에서 우리나라 담뱃값이 제일 싸대. 아무래도 싸니까 많이 피우는 건 사실이지. 이번에 금연 성공해서 승진에서 누락되는 일이 없어야 돼."

아빠가 오른손으로 턱 끝을 만지며 생각에 잠겼다. 저 표정은 내가 닮고 싶지 않은, 닮을까 봐 두려운 자만과 독선으로 뭉친 얼굴이다. 나는 배 덩어리를 꿀꺽 넘겼다.

"당신처럼 승승장구하는 사람이 승진에서 누락되는 일이 있겠어요? 술 안 마시고 매너 깔끔해서 당신 좋아했는데 담배까지 안 피우면……. 그러다 자기 혼자 백 살까지 사는 거 아니에요?"

엄마는 큰 손으로 입을 가리며 호호거렸다. 단물이 철철 넘쳤다. 아직도 엄마는 아빠한테 연애 감정을 느끼는 걸까? 엄마는 적당히 칭찬하고 치켜세울 줄 알았다. 아빠는 그런 걸 즐기고 누렸다. 이런 분위기가 익숙하지 않은 나는 엉덩이를 들었다.

"아빠는 몇 살 때부터 담배 피웠어?"

재희였다. 순간 목구멍에 무엇이 걸린 듯했다. 의도적인 질문이 분명했다.

"재희 네가 그딴 건 왜 물어?"

"내가 담배라도 피울까 봐 그래?"

"너 혹시?"

"엄마!"

재희가 헬로키티 티셔츠의 빨간색처럼 얼굴이 새빨개지도록 악을 썼다. 엄마는 아니면 말고 하는 표정으로 과일 다 먹었으면 방에 들어가라고 했다.

"재희야, 넌 담배 같은 건 꿈에도 생각지 마라."

아빠의 부드러운 음성이 낯간지러웠다. 저 부드러움 속에 날카롭고 섬뜩한 도끼가 감춰져 있다는 건 이 집에서 나만 안다. 아빠 자신조차 내가 안다는 걸 모른다. 아직 도끼가 새 가족에게 찍힌 적은 한 번도 없다. 엄마에게 몇 번 휘두른 도끼 때문에 지금 나는 이렇게 살고 있는 것이다. 이제 담배까지 끊는다니 어쩌면 영영 그 도끼가 나타나지 않을지도 모르겠다. 그렇게 믿고 싶다.

재희는 나를 한번 흘긋 보더니 일어섰다. 재희가 제 방으로 들어가 문 닫히는 소리가 나고서야 안심이 되었다. 나는 번개처럼 '무덤에 갈 때까지, 아니 고1이 될 때까지만 참아 줘.'라는 문자를 쳤다가 삭제했다. 무덤에 갈 때까지라니? 무슨 죽을 죄를 지었다고 이런 부탁을 하나? 자존심이 문제였다. 나는 침대에 벌렁 누워, 서랍에서 세 번째 담배를 꺼내 구름과자 맛을 느끼는 나를 상상했다. 상상 속 몰래 피우는 담배 맛은 구름을 탄 듯 달콤하고 황홀했다.

어느 날, 현관 키를 누르고 들어가니 엄마 목소리가 높아졌다. 나를 의식하고 아빠 얘기를 꺼내는 듯했다.

"아주 술독에 빠지겠어, 했더니 글쎄 주먹을 이렇게……."

엄마에게서 두려움을 읽은 것은 처음이다. 못 들은 척하면서 냉장고에서 물을 따라 마셨다.

"금단 현상 중에 불안, 흥분, 폭력성이 있대. 그러니까 너희들도 아빠 금연 도와주려면 아빠 건드리지 마라."

엄마가 자신을 다독이듯 재희와 나를 보며 서둘러 말했다.

금연을 하면서 아빠는 음주를 시작했다. 예전에도 술이 문제였다. 자리를 피했다. 엄마와 재희 사이에 있으면 그림자가 되는 순간이 있다. 방에 들어와서 이어폰을 꽂으려고 했다.

"눈빛이 정말 무서웠어."

또 엄마가 재희한테 숙덕거리는 소리가 들렸다.

"재민이 엄마랑 헤어진 것도 손찌검 때문이래."

순간 나는 일시 정지가 되었다. 자신의 아들조차 모른다고

생각하는 아빠의 비밀을 어떻게 알았지? 정지된 가슴이 세차게
뛰었다. 치사하고 비겁한 아빠의 손찌검으로 엄마는 눈이 새파
래지고 입술이 찢어져 피가 나고 골절로 깁스를 하고, 그리고
또? 그만 눈을 감았다. 앞이 깜깜해지면 생각도 끊어졌다. 귀청
이 떨어지도록 볼륨을 높여서 기억으로부터 달아났다. 입자가
퐁 터지면서 사라져 버리는 그런 기억과는 달랐다. 그 기억은
납으로 때운 타임캡슐처럼 단단하고 은밀했으며 잔인했다.

나는 아빠와 마주치지 않는 방법을 잘 안다. 그것만 지켜진
다면 금단 현상의 피해자는 되지 않을 것이다. 새엄마의 눈이
새파래지고 입술이 찢어지는 최악의 경우는 벌어지지 않겠지?
세 번째 담배를 피웠다. 들키기 전에 얼른 서랍 속을 비워야겠
다. 점점 구름과자 맛이 달콤하게 느껴지고 있는 거 맞지?

학원 앞에서 동수를 애타게 하는 수빈이를 기다렸다. 가로등
이 켜지고 차도는 불빛들로 번쩍거렸다. 익숙한 모습인데 오늘
따라 낯설게 느껴졌다. 수빈이란 아이가 보였다. 천천히 다가오
는 발걸음이 전해졌다.

"최수빈!"

조금 거친 내 목소리에 내가 놀랐다. 그 애 앞을 가로막고 섰
다.

"누구?"

"난 유재민이야. 너한테 할 말 있어."

수빈이의 눈동자에 호기심이 반짝거렸다. 내가 담뱃갑을 발견하던 그때처럼 말이다.

"말해."

최수빈이란 아이, 어떤 여자애인지 알 것 같았다. 교복 주머니에 두 손을 찌르고 짧은 치마를 입고 있는 수빈이는 여자다운 척하거나 수줍은 척하는 애는 아니다. 썩 세련미가 있어 보이지도 않는다. 있는 그대로 보이려고 할 뿐이다. 거울을 보면서 하루를 보내는 애들과는 영 딴판이다. 호기심이 화학 반응 일어나듯 폭발했다. 몇 마디 안 했는데 모든 게 한눈에 보였다. 이렇게 한눈에 여자를 볼 줄 알면서 왜 나는 여친이 없지? 하지만 지금은 호기심으로 흔들릴 때가 아니다. 나의 임무를 충실히 수행해야 한다.

"단도직입적으로 말할게. 너희 반 구동수가 너와 사귀고 싶대."

"구동수가 누군데?"

갑자기 말문이 막혔다. 동수를 어떻게 설명하지? 동수의 존재조차 모르는 애한테 사귀고 싶어 한다는 말이 지금 맞는 걸까?

"내 친구야."

수빈이가 어이없다는 듯 차갑게 말했다.

"나, 남친 있어."

나는 속으로 '빵'이라고 외쳤다.

최수빈의 얼굴에 묘한 웃음이 번졌다. 순간 쓴 담배 연기가 목구멍을 훑고 지나가는 것 같았다.

"학원 끝나면 저 앞에서 기다리는 남친 있어. 남친한테 들키기 전에 얼른 가라."

수빈이가 학원 앞 사거리를 가리켰다. 영양가 없는 자기한테 들이대지 말라는 소리다. 그런데 그때 나는 보았다. 수빈이가 교복 주머니에서 손을 꺼내는 순간 내 서랍 속에 있는 영어로 된 담배갑과 같은 것이 나오려다 들어갔다. 그것은 내 눈을 피해 얼른 다시 주머니 속으로 들어갔다. 정말 딱 걸렸다. 보지 말아야 할 것을 본 것 같은 흥분이 화르르 타올랐다. 동시에 손난로의 납 버튼을 똑 누르면 번지던 열기도 느껴졌다. 초등학교 때 여자 짝한테 받은 손난로가 왜 생각나는 거야? 젠장. 나도 모르게 화끈거리는 얼굴을 만졌다.

"담배 피우는 여자애 싫어."

동수가 인상을 구기며 말했다. 내가 최수빈이 담배 피우는 걸 우연히 목격했다고 말하자마자 뱉은 말이다. 우리 집 보수적이라는 말까지 곁들여 바로 거부감을 드러냈다.

"야, 고리타분하게 왜 그래? 담배 피우는 게 뭐 어때서?"

나는 동수가 담배 같은 건 절대 안 피울 거라고 말하면 어쩌나 하는 걱정이 들었다.

"울 꼰대도 겁나게 담배 피워. 아마 나도 담배 피우겠지. 근데 할머니도 담배 피우시거든. 그건 싫어."

"여자라면 다 좋다더니 너도 까다롭군."

왠지 동수한테 내가 담배 피운다고는 말하지 못하겠다. 지금은 때가 아니다. 그러나 마음과 달리 불쑥 튀어나오고 말았다.

"내가 구름과자 피운다면?"

순간 동수의 얼굴이 묘해졌다. "설마 네가?" 하며 놀라는 얼굴이리라. 담배 세 개비를 피우기까지의 과정을 있는 그대로 설명하면서 나는 동수의 눈빛을 실컷 누렸다. 그리고 기꺼이 담배한 개비를 바쳤다. 동수도 내가 처음에 그랬듯 눈을 찡그리고 토악질을 했다. 나도 마지막 한 개비를 같이 피웠다.

"구름 맛 어때?"

의기양양하게 물었다.

"선빵 제대로 날렸어. 야, 촌스럽기는. 요즘엔 야리라고 해."

킥킥거리며 내게 핀잔을 주었다.

마지막 한 개비의 불꽃이 꺼져 갔다. 아쉬움과 초조함을 실은 연기가 골목 벽돌담을 타고서 사라졌다. 나와 동수의 갈망으로 빚어진 구름이 어느 날 비가 되어 우리를 적시겠지? 구름과자 맛이 점점 구름과자 맛다워지는 이 기분을 누가 알랴? 그날은 도구를 제대로 사용할 줄 알게 된 날이라 자축이라도 하고 싶었다.

동수한테 담배 한 개비를 준 대신 얻은 게 생겼다. 최수빈을 내 멋대로 상상하며 양심에 멍들지 않아도 되었다. 이번만은 진짜라고 최수빈에 대한 감정을 말하던 동수는 다른 건수를 올리려고 두리번거렸다. 나도 몰래 수빈이를 흘끔거렸다. 똑같은 교복 어디에도 수빈이는 없었다. 허탕을 치고 화장실에 부리나케 들어갔다.

푸르스름한 구름이 피어나고 있었다. 아직 보란 듯이 구름을 피워 낼 수 없는 나는 냄새를 흠뻑 빨아 마시는 것으로 대신했다. 우리 반 골초 승진이가 볼펜 꽂이에 담배를 꽂고서 연기를 내뿜었다. 손에 담배 냄새가 배지 않게 하려는 고수의 처세술이다. 승진이와 마주치기 전에 볼일을 보고 잽싸게 화장실을 나왔다. 그런데 학생 부장이 딱 버티고서 잡아 삼킬 듯 노려보고 있는 게 아닌가!

"오소리 굴이 따로 없군. 다들 나와."

기습적인 학생 부장의 출몰에 구름은 흩어졌지만 냄새가 사라지지까지는 시간이 필요했다. 승진이와 다른 한 명이 딱 걸렸다. 승진이가 침을 퉤 뱉으며 존나 재수 없다고 말하자 학생 부장의 지휘봉이 잽싸게 머리에 꽂혔다. 간이 오그라들었다. 한 발자국 비켜 나가려 했으나 지휘봉이 나를 향했다.

"어딜 도망쳐."

억울했다. 나는 절대 담배를 피우지 않았다, 그냥 볼일만 봤다고 아무리 말해도 믿지 않았다.

"전 담배 피울 줄도 몰라요. 정말이에요."

"입에 침이나 바르고 거짓말해. 내 코는 못 속여."

학생 부장은 내 오른손 손가락의 냄새를 킁킁대며 맡았다. 냄새가 난다고 했다.

'냄새가 난다고?'

어떻게 알았지? 학생 부장의 별명을 개코로 만든 전설적인 후각이 나한테도 통용되다니 억울했다. 그날 여학생 화장실에서도 두 명이 걸렸다. 우리는 고개를 땅에 처박고서 학생 부장의 잔소리를 들었다. 담배에 대한 온갖 이미지들이 쏟아졌다. 니코틴, 타르, 이산화탄소, 중독, 폐암, 독성 물질 등 이 세상의 죄악적인 단어들이 줄줄이 나왔다.

"니들 성대 잃고 He 같은 목소리 내고 싶으면 계속 피워."

아이들이 He가 뭐냐고 쑥덕거렸다.

"것도 몰라, 자식들아. 헬륨가스 말이야."

잔소리가 긴 것을 보니 중한 벌은 내리지 않을 것 같았다. 무거워진 고개를 슬며시 들었다.

누군가 나를 보고 있었다. 싱긋 미소까지 짓는 수빈이가 코앞에 있었다. 이렇게 가까운 거리에서는 보는 건 그날 이후 처음이다. 지금의 악재가 행운의 팡파르 같이 느껴졌다.

학생 부장이 욕설 섞인 잔소리를 끝내고 본격적인 작업으로 들어갔다. 비로소 나와 수빈이는 해방되었다.

"너희들은 여기에서 끝낸다."

학생 부장이 막대기를 휘두르며 우리한테 꺼지라고 했다. 우리는 단지 오소리 굴에 함께 있었다는 죄밖에 없다고 간청한 것이 먹힌 것이다. 물증이 명확한 승진이는 부모님을 모셔 와야 했고 한 명은 금연 서약서를 썼다.

수빈이가 나오자마자 물었다.

"너도 피워?"

순간적으로 어떻게 말해야 멋질지 고민했다. 그날 주머니에서 본 건 확실히 담배였다. 꽤 오래전부터 담배를 피웠을지도 모른다. 왜 담배를 피울까?

"요즘 담배 안 피우고 견딜 수가 있냐?"

"칫. 그냥 호기심으로 피웠으면서."

"넌 언제부터 피웠어?"

내가 물었다.

"비밀."

그딴 건 왜 물어보냐는 투였다.

수빈이와 오르는 5층 계단이 끝없이 이어지길 바랐다. 가도 가도 끝없는 달팽이 계단. 그 계단을 돌면서 가위 바위 보를 한다면 어떨까? 그러나 현실에서는 쏟아져 나오는 애들 사이를 비집고 걷느라 말할 틈조차 없었다. 창밖으로 파란 하늘에 흰 실올 같은 구름이 흘러가고 있었다. 저 구름 속에 비, 눈, 우박이 섞여 있다는 게 믿어지지 않을 만큼 평화롭고 아름다웠다.

"저게 새털구름이지? 새털구름이 낀 다음날에는 비가 온다고 했는데."

수빈이가 창밖을 보며 말했다.

"그래? 저렇게 화창한데."

"난 야리 끊고 싶어."

수빈이가 불쑥 말했다. 끊는다고? 순간 못 들을 걸 들은 것마냥 놀랐다.

"나도."

얼떨결에 나도 그렇게 말했다.

"끊으면 나한테 말해 줘. 난 몇 번이나 실패했거든."

"왜 끊고 싶어?"

그걸 질문이라고 하냐는 표정이면서도 대답을 했다.

"야리를 하면 답답한 속이 뻥 뚫리는 것 같고 후련해. 그런데 나 하나만 바라보고 사는 어떤 사람 때문에 안 되겠어."

나는 아무 말도 못하고 수빈이 말만 들었다.

"왜 실망이냐?"

"아니……."

수빈이는 내 대답을 듣기도 전에 자기네 반으로 들어가 버렸다.

우리 반 앞에서 동수가 잔뜩 흐린 얼굴로 서 있었다. 애들은 나한테 승진이는 왜 안 왔으며 너도 담배 피우냐고 물어 댔다.

"아냐, 재민이 담배 안 피워."

동수가 거들수록 아이들의 눈초리는 따갑기만 했다.

"야, 너 괜찮아? 너처럼 재수 없는 애가 어딨냐!"

"그렇지만도 않아."

내 목소리는 담담하면서 쾌활했다. 동수가 칭얼거리는 어린 애 같이 느껴지는 것이 계단을 오르면서 한꺼번에 나이를 먹은 것 같았다. 창가 내 자리에 앉았는데 무언가 생각할 것이 많아 진 듯 머리가 무거웠다. 나 하나만 바라보는 어떤 사람? 그렇다 면 수빈이한테 남자 친구는 없다. 그런 결론이 나서인지 책상에 드리운 햇살 때문인지 왼쪽 옆구리가 간질거리고 웃음이 삐져 나왔다. 기말고사 성적표를 아빠한테 보여 주기 일주일 전까지 는 그랬다.

"이걸 점수라고 받아 왔어!"

야구 방망이가 내 엉덩이를 갈겼다. 거실에서 손바닥에 힘을 주고 엎드려 있었다. 피가 머리로 쏠리고 내장들이 입으로 튀어 나올 것 같았다. 하늘에서는 세찬 비가 퍼부었다. 태풍이 오기 전 내리는 폭우였다. 구름 속에 비, 우박, 천둥, 번개가 섞여 작 심한 듯 베란다 유리창을 흔들었다. 엄마는 아직도 아빠의 금단 현상 때문이라고 믿었다.

"이렇게 애 잡을 거면 차라리 담배를 피워요."

"당신하고 재희는 방으로 들어가 있어. 직무유기를 한 학생 은 마땅히 벌을 받아야 돼. 너도 그렇게 생각하지?"

내 대답을 들으려고 물은 게 아니라 때리는 자기를 합리화하 려는 거라는 걸 아빠 본인은 알까? 두 사람이 나를 내버려 두고 들어간 뒤 다시 번개가 쳤다. 번득이는 눈빛, 불콰한 술 냄새와 거친 숨소리가 번개에 적나라하게 드러났다.

눈을 감았다. 한 대씩 늘어날 때마다 통증보다 더한 무엇이 몸을 훑고 지나갔다. 눈물은 나오지 않았다. 담배 생각이 났다. 담배 피우는 걸 들키면 이보다 더한 매질을 하겠지. 나는 이를 악물고 버텼다.

"아빠는 너희들 때문에 담배까지 끊고 승진을 했어. 그런데 너는 공부 하나 제대로 못해!"

아빠는 마음먹은 일은 반드시 이루어 내는 사람이다. 그런 걸 나한테도 요구하는 건가? 그 전에 나한테 먼저 사과부터 해야 할 텐데? 어떤 말도 내게는 변명으로밖에 들리지 않았다. 변명의 커튼으로 과거를 가릴 수는 없었다.

'내가 모를 줄 알고. 아빠가 엄마 배를 때렸잖아. 그래서……'

언제나 응어리진 채 고여 있는 그 말을 토해 내고 싶다. 고함치며 뱉어 내면 후련할 텐데 왜 나는 끝까지 말을 잇지 못하지?

그날도 아빠는 엄마를 때렸다. 핏발이 선 눈, 술 냄새, 도끼같은 손이 엄마를 커튼이 쳐진 코너로 밀었다. 어린 나는 엄마를 도와줄 수 없었다. 내 방에서 우는 일 외에는 아무것도 할 수 없었다. 사이렌 소리가 나고 엄마가 배를 끌어안고 뒹굴 때조차 아빠를 쳐다보지 못했다. 무섭고 섬뜩해서 차마 볼 수조차 없었다.

'네 아빠는 네가 알고 있는 줄 몰라. 모르게 내버려 둬. 그게 네 아빠한테 나아.'

엄마는 아빠의 위선에 대해 내게 다 쏟아부어 놓고 알은체를 하지 말라 했다. 진실을 알고 있는데 그 진실을 함구하라니, 그것이 나한테 어떤 것인지 알기나 하는 걸까? 엄마는 모르고 살아가는 아빠를 비웃으며 복수를 하고 싶은 것이다. 가슴께가 답답했다. 체한 것 같은 마음을 뚫어 주는 건 담배뿐이다.

"다음에 또 이런 성적표 가지고 오면 그땐 끝장이야. 알아!"

일방적인 훈계가 방망이를 놓으면서 일단락됐다. 알루미늄 방망이가 바닥으로 떨어지고 내 발 앞에서 멈췄다. 어색한 침묵이 흘렀다. 쌕쌕거리는 숨소리만 들리는 몇 초가 흐르고 아빠가 베란다로 나갔다. 희미한 담배 연기가 피어올랐다.

엉덩이를 움직여 보았다. 약간 뻐근했지만 괜찮았다. 이를 악물고 때린 사람한테는 미안하지만 견딜 만했다.

"내가 모를 줄 알고! 아빠가 엄마 배를 때렸잖아. 그래서 배 속의 동생이 죽었고, 그래서 엄마가 떠난 거잖아!"

나는 베란다 너머에 대고 소리쳤다. 어둠 속에서 아빠의 눈썹과 얼굴이 일그러지는 미묘한 변화를 나는 놓치지 않았다.

"당신이 괴물인 걸 나도 다 안다고."

뱃속에 있는 걸 다 토해 내듯 악을 썼다. 그제야 후련하고 통쾌했다. 응어리가 튀어나오니까 몸이 가벼워지는 것 같았다. 그리고 잽싸게 뛰쳐나갔다. 엄마가 쫓아오고 재희가 오빠! 하며 부르는 소리가 들렸지만 멈출 수가 없었다.

　수빈이가 생각났다. 학원 앞에 가면 수빈이가 있을 것 같았다. 보충을 마치고 이미 갔을지도 모른다. 그래도 달리자. 전화번호도 모르고 집도, 아무것도 몰랐다. 담배 한 개비만 꿀 것이다. 지금 내 몸은 간절히 구름과자 맛을 보고 싶어 했다. 눈물이 핑 돌도록 목구멍에서 무언가를 토해 내고 싶다. 쓰지만 달콤한 그 맛으로 위로받고 싶다.

　차갑고 축축한 비를 맞으며 뛰었다. 빗줄기 때문에 속도가 더뎠지만 앞만 보고 학원으로 달렸다. 다행히 학원에서 보충을 하고 멀어져 가는 수빈이가 눈앞에 보였다. 우산을 쓰고 종종거리며 걷고 있었다.

　"수빈아!"

　수빈이가 뒤돌아봤다. 동시에 학원 신호등 앞에서 빵빵거리는 차 한 대가 보였다. 머리가 약간 벗겨진 남자가 창문에서 얼굴을 내밀어 손을 흔들었다.

　"수빈아, 얼른 타."

　저 사람이었다. 수빈이만 바라보는 어떤 사람이. 나와 수빈이의 눈이 마주쳤다.

　"수빈아, 잠깐만."

　"왜?"

　어깨를 들썩거리며 수빈이가 물었다. 왜 수빈이를 부른 거지? 불러 놓고 할 말을 찾지 못했다.

"보시다시피 오늘은 안 돼."

수빈이가 말했다. 남자가 문을 열고 이쪽으로 걸어왔다. 성격 급한 남자는 내가 수빈이를 납치라도 할 것처럼 잰걸음으로 가까이 오고 있었다.

"야리 있으면 한 개만 빌려 줘."

"야, 나 금연 일주일째야. 그딴 거 없어. 아빠 오기 전에 빨리 사라져."

허탈했다.

가까이 다가선 수빈이 아빠는 나를 흘긋 보더니 무슨 말인가를 하려고 했다. 수빈이가 아무것도 아니라며 아빠를 끌고 차로 향했다. 빗줄기는 잦아들 듯하다가 다시 퍼부었다. 비 속에 나 혼자 버려졌다. 아빠의 몽둥이보다 더 아프게 비가 나를 때렸다. 내가 빚어낸 구름이 비가 되어 나를 때렸다. 우산을 접고 차에 타는 수빈이의 모습이 눈앞에 뿌옇게 보였다. 그런데 닫힌 차 문이 다시 열리고 수빈이가 나한테 뛰어오고 있는 게 아닌가? 가슴이 벅차올랐다. 수빈이가 헐레벌떡 다가와서는 우산 안으로 나를 끌어당겼다.

"무슨 일 있어?"

"비 맞고 있어."

"야, 태풍 때문에 내일까지 비 계속 온댔어. 이 우산 쓰고 얼른 집에나 가."

"내일까지만 오면 안 온대?"

"그럼 세상 끝날 때까지 비가 오냐?"

"그랬으면 좋겠다."

"하늘에 비만 있냐? 태양도 있고, 눈도 있고, 별이랑 달도 있잖아."

피식 웃음이 나왔다.

"나 갈게."

그러면서도 수빈이는 발걸음을 떼지 않았다. 주머니에서 아까부터 진동이 울리고 있었다. 수빈이가 전화를 받으라고 턱짓을 했다. 하는 수 없이 꺼내어 화면 보는 시늉을 했다. 아빠로부터 온 수십 통의 부재중 전화가 떠 있었다.

"우산, 고마워."

"할 말 있으면 해. 너 담배 쓴맛보다 더 찌든 얼굴이야."

하고 싶은 말이 있다고? '그래, 너한테 속에 있는 말을 퍼붓고 싶어.' 하지만 나는 아니라고 말하고 있었다.

"아냐. 빨리 가. 너도 젖잖아."

수빈이를 밀어냈다. 그러나 수빈이는 반동하 듯 다가와서 낯설게 말했다.

"오늘 마지막으로 정신과에 갔다 왔어."

좁은 우산 속에 낯선 울림이 번졌다.

"선생님이 지금의 나를 과거 어린 시절, 가장 고통스런 순간으로 보내 보라고 하더라. 뭐 타임머신이 있는 것도 아니고 어

떻게 그럴 수 있냐고 말하려다 안 그러면 또 병원에 오라고 할
까 봐 그러겠다고 했어."

수빈이가 정신과에 다녔다고? 빗속이 아니었다면 흠칫 놀란
표정을 들키고 말았을 것이다. 한눈에 보고 안다고 생각했는데
그건 내 착각이었다.

"가장 고통스러운 순간으로?"

"그래. 지금의 내가 가서 어린 시절의 나를 위로해 주고 오라
는 거야."

그 말을 남기고는 수빈이가 다시 빗속을 뚫고 아빠에게 달려
갔다. 저애에게 어떤 어린 시절의 고통이 있었을까? 가슴이 찌
르르 아파오면서 수빈이의 말을 들은 지금이 아주 소중하게 느
껴졌다. 다음에는 내 이야기를 할 차례겠지?

다시 경적이 울리고 수빈이 아빠가 비 맞지 말고 타고 가라
고 했다. 아빠 옆에 앉은 수빈이는 세상을 얻은 듯 편안해 보였
다. 나는 괜찮다고 말했다. 혼자 있고 싶었다. 혼자서 나의 고
통스러운 순간으로 돌아가 맞장을 뜨던지 해야 할 것 같았다.

비바람이 가게 했는지, 내 발이 가게 했는지, 여덟 살 우리
가족이 살던 집으로 가고 있었다.

삼십 분 뒤, 초록색 대문 앞에 서 있었다. 이층에 있던 나의
방문은 꺼져 있고, 아래층 거실 불만 켜 있었다. 이혼하면서 엄
마는 그 집의 소유자가 되었고 집을 전세로 내놓고는 이모네가
있는 태국으로 떠났다.

혼자서 울던 내 방을 쳐다보았다.

엄마의 비명을 듣고, 여덟 살 재민이는 후다닥 뛰어 안방 문 앞에 이르렀다. 문 앞에서 망설이고 있는 여덟 살 아이. 나는 재민이의 등 뒤로 다가갔다. 그 순간을 못 보게, 하혈하는 엄마를 못 보게 눈을 가릴 수만 있다면 좋겠다. 8년이 흘러 어느덧 열여섯 살. 아직도 여덟 살의 나를 위로해 줄 방법을 모르겠다. 어떻게, 무슨 말을 해야 하는 거지? 나는 여덟 살의 나를 돌려 세워 눈을 마주치고 말한다.

'재민아, 아빠도 엄마가 임신한 사실을 알았다면 안 그랬을 거야. 엄마 자신도 몰랐었대.'

'몰랐다고 용서가 되는 건 아니잖아.'

'재민아, 이리와 봐.'

나는 어린 재민이를 껴안고 다독여 준다. 여덟 살 재민이가 내 가슴에 얼굴을 묻는다.

'실컷 울어 버리렴.'

여덟 살 재민이는 눈물, 콧물을 묻히며 서럽게 한참을 운다. 그 울음소리가 내 가슴 구석구석에 파고들면서 찬기로 가득한 내 마음을 녹이는 것 같다.

"악몽을 꾸었다고 생각해. 아빠를 용서하자."

나는 흐느끼며 말했다.

어느 순간 비가 잠잠해지고 발아래가 환해졌다. 이층 방의 불이 켜지고 어떤 남자가 커튼을 젖힌 다음 창문을 열었다. 언뜻 봤을 때 아빠랑 닮아서 심장이 멎는 줄 알았다. 아빠가 내 방으로 들어온 어느 날이 어렴풋이 떠오르기도 했다.

주머니에서는 계속 진동이 울렸다. 나는 알고 있다. 이제 어디로 가야 할지. 어디선가 나를 애타게 찾고 있을 아빠를 향해 집 쪽으로 걸었다. 아빠가 우산을 챙겨왔다면 그 우산 속으로 들어가겠지? 그리고 아빠의 어깨에 기대어 맘 놓고 이를 부딪치며 떨겠지? 아마, 그럴 것이다. 그러고 싶다. 아빠한테 하고 싶은 말도 많다. 구름과자 맛이 어땠는지 까놓고 말할 것이다. 그러다 보면 술술 그 다음 말도 나오겠지.

화요일

화요일 시간표는 영어와 수학이 두 시간씩이나 있고 음악까지 있다. 최악의 시간표를 챙기는데 문득 내 몸이 이상하다는 걸 느꼈다. 어떻게 하루아침에 이런 일이! 어쩌다 내 모습이 이렇게 됐지? 순간 카프카라는 작가가 쓴 『변신』이 떠올랐다. 깨알 같은 글씨와 난해한 이야기에 책장을 덮어 버렸던 적이 있다. 초등학교 때 교실 책꽂이에 꽂혀 있던 그림책 『변신』도 생각났다. 딱정벌레가 꾸물꾸물 천장을 기어가는 게 눈앞의 일처럼 생생했던 책이다. 차라리 여덟 개의 털 달린 갑각류 다리가 낫지, 이 말랑말랑한 가슴과 가늘어진 팔다리는 뭐란 말인가? 같은 인간이지만 전혀 다른 종족이다. 아빠 면도기로 수염을 깎으면서 이 귀찮은 털이 없는 여자들을 부러워하기는 했어도 이렇게 될 생각은 꿈에도 없었다. 컴퓨터와 첨단을 달리는 과학, 인공위성이 감시하는 21세기에 영화보다 더 비현실적인 일이 하필 나한테 일어나다니. 왜, 왜, 왜?

나는 침착하려고, 냉정을 유지하려고 애썼다. 원인을 찾자. 이유가 뭐지? 그래, 차근차근 생각하면 돼. 그래야 이 몸에서 한시라도 빨리 벗어날 수 있어. 깊은 숨을 몰아쉬었다. 카프카의 『변신』을 잘 읽어 두었다면 이런 일에 대비라도 됐을까? 변신은 어느 날 갑자기 이유도 없이 일어났다. 아니다. 무슨 이유가 분명 있었는데 기억나지 않았다. 그래도 다행인 건 그림책의 딱정벌레는 다음날 아침에 다시 원래의 아이로 돌아왔다는 것이다. 그림책의 결말이 내 유일한 희망일까? 무조건 내일까지 기다릴 수는 없었다. 그림책과 소설책의 시작과 끝은 완전히 달랐다. 원인을 찾아내야 한다. 그게 내 유일한 희망이다. 한 달 전, 아니 보름 전 별다른 일이 있었나? 어디서부터 생각하지? 그러나 단서가 될 만한 것은 하나도 떠오르지 않았다. 그러다 무릎을 쳤다. 일주일 전 화요일이 떠올라서 다행이었다.

지난 화요일

내 모든 감각의 신경 회로는 소희한테 뻗어 있었다. 중심에 소희기 있고 잔가지도 소희 곁을 맴돌았다. 친구의 소개로 만난 지 100일이 지났을 뿐이지만 전생에서도 어쩌면 우린 부부가 아니었을까? 아니다. 나는 부부란 단어가 튕겨 나오자마자 고개를 저었다. 우리 엄마, 아빠 같은 부부라니! 내 상상력의 한계다. 어떤 단어가 서로 통하는 사이라는 말의 최상급인지 모르겠다. 이심전심도 우리 사이를 설명하기에는 모자라다. 소희는 만날 때마다 붓펜으로 그린 그림을 나에게 한 장씩 주었다. 싫어하는 남자한테 자기가 열심히 작업한 스케치를 줄 리가 없다. 소희도 나를 좋아하는 게 확실했다. 물론 이건 나만의 착각일 수도 있다. 또 내가 더 많이 소희를 좋아해도 상관없었다.

"우리 집 고양이가 아직도 안 돌아와. 벌써 한 달이 넘었어."

소희와 만나면 고양이 클레오파트라 이야기부터 시작되었다. 클레오파트라는 청회색의 털 빛깔에 초록색 눈을 하고 있었다. 수고양이 이름이 왜 여자인 클레오파트라냐고 물었더니 남자 속에도 여자의 본성이 숨겨져 있다며 아빠가 지어 주셨다고 했다. 그럼 여자 속에도 남자의 늑대 본성이 숨어 있나? 궁금했지만 물어보지는 않았다. 나는 인터넷으로 정보를 낱낱이 찾아서 고양이의 종류, 버릇, 좋아하는 것, 싫어하는 것 등을 죄다 머릿속에 구겨 넣었다. 그러고 보니 소희가 고양이를 닮은 것 같기도 했다. 고집스러움과 주인에게 절대 복종하지 않는 타고난 반골 정신 같은 것에서 말이다.

"수고양이는 가끔 집을 나가. 원래 남자들이 돌아다니는 걸 좋아하잖아."

대수롭지 않게 말을 했다.

"너도 돌아다니는 것 좋아해?"

가끔 소희의 질문은 대답하기 곤란한 것들이 많았다. 나도 모르는 나에 대해서 물어볼 때가 그렇다. "너는 행복해?"라고 묻는 아이는 여태 내 주위에 한 명도 없었다. "넌?" 하고 물으면서 대답을 회피하자 즉각 "아니."라는 답을 해서 놀랐다. 난 행복한가? 글쎄 잘 모르겠지만 소희를 만날 때면 느끼는 이런 감정이 행복이 아니고 뭐란 말인가? 머뭇거리자 소희는 다시 클레오파트라 이야기를 꺼냈다.

"10년 사니까 싫증이 났나 봐."

고양이 주제에 무슨 싫증! 먹여 주고 씻겨 주고 재워 주는 인간 집에 조신하게 있기나 하지. 이런 걸 질투라고 해도 상관없다. 소희 무릎에서 낮잠을 자고, 아니 소희와 같은 집에서 산다는 자체만으로도 클레오파트라는 내게 질투의 대상이었다. 이제 클레오파트라 이야기는 그만하고 우리 이야기를 하고 싶었다.

"돌아다녀 봤자 거친 놈들과 부대끼기만 할 텐데 걱정이야. 영원히 안 돌아오면 어떡해?"

어떡하긴 잘 된 거지. 나는 쓰레기통을 뒤지다 독극물을 먹고 뒤지는 클레오파트라를 상상했다.

"가까운 동네에 있을지 몰라. 함께 찾아보자."

부글부글 들끓는 감정을 억누르고 착한 고해성인 척했다.

동네 골목을 살살이 뒤지다 보면 늙고 힘없는 고양이가 어디에서 졸고 있을 것만 같았다. 그러나 아무리 쓰레기통을 기웃거리고 골목길을 뒤져도 클레오파트라는 없었다. 다행히 소희의 포기가 생각보다 빨랐다.

"답답했을지도 몰라. 자유롭게 놀다가 언젠가 돌아오겠지."

"맞아. 사람이나 동물이나 자유가 필요해."

나는 영원히 클레오파트라를 지우고 싶었다. 할 수만 있다면 소희의 해마에 클레오파트라보다 나를 각인시켜 놓고 싶다.

힘들게 고양이를 찾다 보니 어둑해졌다. 소희는 일반 학원을 다니지 않고 미술 학원만 다녀서 여유가 있지만 나는 늦게라도 학원으로 달려가야 했다. 고양이 놈을 찾다가 엄마한테 잔소리를 듣는 건 억울했다.

헤어질 시간이 다가오고 있었다. 모퉁이만 돌면 내일 학교에서 만날 때까지 소희를 볼 수 없다. 헤어질 때마다 텅 빈 것 같은 이 마음을 어찌하리오.

"주말에 우리 영화 보자. 내가 보여 줄게."

소희가 내 눈이 번쩍 뜨이는 말을 꺼냈다. 이깟 일로 고마워하는 나의 여자 친구 소희와 이제는 고양이가 아닌 '우리 이야기'를 할 수 있겠다.

지난 수요일

수요일 아침에 눈 뜨자마자 '우리 둘만의 이야기'를 어떻게 할지 걱정부터 하는 내가 침대에 누워 있었다. 머릿속에서는 온갖 말들이 충돌했다. 너만 보면 가슴이 파닥거린다고 시작할까? 좋아해, 라고 까놓고 말할까? 그러다 우주에 닿기도 전에 터져 버리는 로켓처럼 공중분해 될 것만 같았다. 용기라는 금고를 살 수만 있다면 내 전 재산을 털어서라도 살 의향이 있었다. 전 재산이라고는 용돈 5만원밖에 없는데 그깟 돈으로 용기란 걸 살 수 있을까? 한 번 사서 영원히 쓸 수 있는 게 용기라면 엄마한테 몇 년 치 용돈을 가불해서라도 사고 싶다.

그날 아침은 엄마의 이불 개라, 빨리빨리 좀 서둘러라, 책가방을 이제 싸냐를 들으면서도 짜증이 일지 않았다. 엄마는 내가 짜증을 내야 더 열 받아서 나보다 더 목청 터지게 외쳤다. 그날 아침은 엄마와 나의 싸움 공식이 맞지 않았다.

아침부터 전화벨이 시끄럽게 울렸다. 고분고분 수화기를 들었다. 아영이는 드라이기로 머리를 말리고 있고, 엄마는 늘 바쁘니 양보의 차원에서 전화받는 미덕을 발휘한 것이다.

"우리 새끼, 할머니 안 보고 싶었어?"

할머니였다.

"할머니 새끼가 뭐예요?"

할머니는 항상 '우리 새끼'라고 했다. 이제 사랑을 시작한 소년한테 '우리 새끼'라는 말은 부적절했다. 제발 새끼란 말 좀 하시 말라고 해도 소용없었다. 할머니보다 더한 건 할아버지였다.

"내가 배 아파 난 새끼의 새끼잔여."

역시나 할머니는 강아지, 제비, 소의 새끼들이 얼마나 예쁜지 말하고 싶어 했다. 눈도 뜨지 않은 새끼 강아지가 엄마 젖을 용케도 찾아내더라는 말을 하는 할머니의 눈을 본 적이 있다. 주름지고 퀭한 눈에도 유리구슬처럼 반짝이는 순간이 있을 수 있고, 그래서 할머니 눈도 예뻐 보일 수 있구나 생각했었다. 산고에 진이 빠진 어미 소가 갓 태어난 새끼들을 혀로 핥아 주더라는 이야기를 할 때에는 마치 할머니가 어미 소가 된 것 같은 표정이었다. 시골에서 새끼를 낳는 짐승들과 사는 할머니는 늙었어도 여전히 새끼를 낳고 있는 것 같았다.

"우리 새끼, 엄마 좀 바꿔 봐라."

수화기를 든 엄마 얼굴이 고약해졌다. 할머니가 우리 집에 납신다는 통보였던 것이다. 이유인즉 할아버지 때문이다. 또 엄마한테 '황혼 이혼', '싹 이혼해 버릴 거다.', '사람 박 터지게 하는 순 도둑놈 아니가.' 하는 말을 하려는지 몰랐다. 할아버지와 할머니를 보면 진흙탕이 생각난다. 명절 때도 우리가 보는 앞에서 막말을 쏘아 댈 정도이니 두 분만 있을 때는 어떨지 상상이 된다. 할아버지는 음식이 짜다, 굼벵이처럼 느려 터졌다, 지지바 목소리가 너무 크다, 하면서 할머니를 괴롭혔다. 그건 정말 괴롭힘이었다. 할머니도 지지 않고 영감탱이가 죽으면 입만 살 거라고, 고추는 왜 갖고 태어났는지 모르겠다고 받아쳤었다. 아영이는 그런 할아버지 댁에 가는 걸 싫어했다. 할아버지는 말로 할머니를 죽이는 거라나? 주머니에 용돈을 두둑이 챙기는 재미를 빼고는 나도 도착하는 즉시 시골을 떠나고 싶어 했다. 엄마 말처럼 '황혼 이혼'을 아무나 하나. 외양간 소가 송아지 낳는 걸 보고 싶어서 할머니가 어떻게 이혼을 하겠는가?

그런데 아빠와 엄마도 피 터지게 싸웠다. 작년, 아빠가 지방으로 발령이 나던 때였다.

"당분간일 거야."

가족과 떨어지게 된 사실을 인정하고 싶지 않은 아빠였다. 아빠는 좌천된 충격을 아무렇지 않은 척했다.

"회사에서 그렇게 내려 보낸 사람을 빨리 올려 보내겠어요?"

엄마는 흰 약사 가운을 툭툭 털어 널면서 말했다. 혹시나 아빠가 영원히 올라오지 않기를 바라는 건 아니겠지? 혹시 엄마도 나와 같은 생각인가! 나 또한 내심 아빠와의 이별을 환영하고 있었다. 운동장만큼의 자유가 툭 떨어진 것 같은 느낌이었다. 그 느낌은 말로 표현할 수 없었다. 바다와 산처럼 너무 넓은 자유는 벅찼지만 딱 운동장만 하다면 괜찮았다. 운동장은 실컷 뛰어놀 수 있을 만큼의 자유였다. 물론 아빠가 없어도 내 생활의 와이파이 존은 엄마가 탁월하게 감지했다. 그러나 티격태격하며 고성이 오가고 문짝이 떨어질 듯 우당탕거리는 소리는 사라졌다. 한 남자가 빠진 우리 집은 한 아름의 과자 선물 세트 같았다.

학교에서 소희와 보고 싶은 영화를 문자로 주고받았다. 문자

알림 진동이 날 때마다 손끝의 떨림이 머리까지 뻗쳤다. 그러다 복도에서 마주쳤을 때의 짜릿함이란! 우리가 사귄다는 소문을 언제쯤 내야 좋을까? 당장이라도 나와 소희는 그렇고 그런 사이야 하고 확성기로 말하고 싶었다. 입이 간질간질했지만 참아야 했다. 유명세를 타면 피곤할 뿐이다. 깜찍하고 섹시한 소희를 나만 알고 싶기도 했다. 이런 걸 소유욕이라고 하지! 소희가 나만 생각하고 나하고만 있고 나만 바라보고 말하면 좋겠다.

소희가 보고 싶은 영화는 유명 여류 작가가 쓴 책이 영화화된 거라고 했다. 시각 장애인 학교에서 벌어지는 끔찍한 폭력을 다룬 실화 영화. 애인 사이가 보기에는 좀 그런 영화 같았다. 두 남녀의 아름다운 러브 스토리 같은 게 좋을 텐데. 하지만 사실 이것도 감지덕지였다. 사회성 짙은 화재를 꺼내면서 좀 더 이지적이고 비판적인 모습을 보여 줘야겠다.

학원을 마친 뒤 미술 학원에 들렀다. 이 학원은 참 이상했다. 유리창으로 그림 그리는 아이들의 뒷모습을 수족관 구경하듯이 볼 수 있었다. 나처럼 훔쳐보는 걸 좋아하는 사람들은 유혹을 떨쳐 낼 수 없는 구조다. 소희의 뒷모습이 보였다. 사절지 도화지에는 양파와 콜라병과 푸르스름한 배추가 희미하게 그려지고 있었다. 왜 저런 걸 그리지? 그림의 소재는 항상 평범하다 못해 하찮았다. 소희는 평범한 사물들이 나한테 속삭이며 말한다고 하겠지? 나는 겉모습을 모방하는 것보다 콜라의 톡 쏘는 소리와 맛을 살리면 좋겠다고 말할 것이다. 그럼 좀 더 폼 나게 보이겠지? 다른 애들은 그림자였고 소희만이 주인공이었다. 소희가 지우개로 지우고 다시 연필을 삭삭 놀리는 것이 마치 내게 어떤 암호를 보내는 것 같았다. 소희 앞에는 커다란 거울이 있지만 유리창 너머의 나를 보기에는 그 거울이 작았다. 나만 소희를 볼 수 있었다. 암호를 해독하고 싶다. 뭐가 뜻대로 안 되는 걸까? 고개를 갸웃하니까 머리카락이 오른쪽 귀밑으로 흘러내렸다.

언제까지고 그렇게 훔쳐보고 싶었지만 곧 그 자리를 떠나야 했다. 얼룩덜룩한 앞치마를 한 선생님이 유리창을 톡톡 치면서 가라는 시늉을 했다.

지난 목요일

문을 여니 엄마의 눈초리가 매서웠다. 손에 내 속옷과 추리닝 바지, 머리를 떨었던 수건과 양말 한 짝 그리고 코 푼 휴지가 들려 있었다.

"이 옷들 당장 버리기 전에 나와서 빨래통에 집어넣지 못해! 이러니까 집에 이상한 벌레들이 나오잖아!"

처음 이사 왔을 때부터 소독을 해도 없어지지 않는 쌀알만 한 크기의 딱딱한 벌레기 한두 마리씩 나타나서 엄마의 신경을 날카롭게 했다. 벌레 스토리가 또 시작이다. 아영이도 놀란 토끼 눈을 하고 튀어나왔다. 우리는 금방 순종적인 청소 로봇이 되어 책상을 치우고 옷들을 집어넣었다. 잔소리로 헛배를 부르게 하고 싶지는 않았다. 하지만 그게 끝이면 엄마가 아니다. 화분에 물을 주고 걸레질을 하면서도 잔소리는 계속 되었다.

"엄마가 너희 청소부고 파출부라고 착각하지 마. 너희만 고민 있고 너희 시간만 소중한 거 아니야."

귀를 막고 싶었다. 엄마를 파출부나 청소부로 생각한 적도 없고, 엄마의 고민과 시간을 무시하지도 않았다. 엄마는 그냥 엄마일 뿐이다. 그런데 엄마는 뭐지? 새끼를 낳는 동물들이라고 할머니는 말하겠지. 아무튼 잔소리를 한다고 나와 아영이의 방이 정돈되는 건 더욱 아니다. 엄마도 아빠 때문에 속 썩고 약국 일 때문에 골치 아픈 건 안다. 어른들 세계는 골치 아픈 일이 참 많다. 그래서 더욱 엄마만의 시간이 소중할 수도 있겠다고 이해도 해 본다. 그러나 엄마 자신이 얼마나 칭찬에 인색한지는 모른다. 나와 아영이의 의지가 꺾이고 악순환이 일어나는 건 그 때문인지 모른다.

엄마가 자주하는 레퍼토리 하나가 있다. 엄마는 중학교 때 교복발이 제일 잘 받는 여학생이어서 졸업 후에도 게시판에 엄마 사진이 붙어 있었다고 했다. 학교를 대표하는 선배의 본보기로 보란 듯이 내걸려 있었다나. 한때 미모를 자랑했던 여학생이 약사가 되어 두 아이의 엄마가 된 것이다. 그런데 나와 아영이 탓으로 엄마가 이렇게 된 것처럼 말할 때는 정말 돌아 버릴 것 같다. 솔직히 그 촌스럽고 구린 교복을 보고 할 말을 잃었다. 넓적한 흰 칼라, 새까만 자켓과 새까맣고 펑퍼짐한 치마의 80년대 교복은 디자인과 색상을 무시한 한마디로 포대 자루다. 30년 전 엄마의 열여섯 살은 다른 행성의 이야기다. 늙고 한물간 행성. 파릇파릇한 나와 소희의 별이랑은 비교할 수 없다. 소희의 교복발은 환상적이다. 여신이다. 교복을 입고 이젤 앞에서 스케치를 하는 모습에 홀딱 반한 애가 한두 명이 아니다. 30년 뒤의 소희는 한층 세련되고 곱겠지. 절대 엄마처럼 되지는 않을 것이다. 뭐? 소희가 엄마가 된다고? 안 돼! 결혼하고 애도 낳고 엄마처럼 잔소리도 하고? 나는 도리질을 하며 상상을 중단시켰다.

엄마가 날카로워진 진짜 이유가 있었다. 드디어 엄마와 아빠의 별거 아닌 별거에 종지부를 찍게 될지도 모르겠다. 이유인즉 아빠가 더 이상 저녁에 술에 취해 기숙사에 들어가는 일은 못하겠다고, 안 내려오면 다른 여자랑 살겠다는 협박을 한다는 거였다. 아빠 때문에 내 인생 최대의 굴곡을 맞닥뜨렸다. 뇌리를 스치는 한 사람이 있었다. 첫사랑이 싹트기도 전에 어린 순을 잘라 내야 한다니 이럴 수는 없었다.

"아빠보고 올라오라고 해. 우리는 셋이고 아빠는 혼자잖아."

아영이 밀에 호응을 해야 되는데 순간 오싹했다.

"야, 넌 생각 좀 하고 살아라. 어떻게 아빠보고 올라오라고 하냐? 아빠는 공무원이니까 예순까지는 안전빵인데."

"오빠야말로 무조건 아빠 편만 들지 말고 생각을 해 봐. 엄마
는 꼬부랑 할머니가 되어도 자기 사업이니까 얼마든지 약국 문
을 열고 닫을 수 있어!"

"그래도 아빠는 이 집의 가장이야. 가장이 먼저지. 엄마는 거
기에 가서 약국을 차리면 되잖아."

나는 당연히 엄마가 약국을 접어야 한다고 생각했다. 그래도
아빠는 가장이다. 우리가 넓은 아파트에서 살고 브랜드 신발을
신고 다니면서 맛있는 걸 사 먹을 수 있는 건 아빠 덕분이다. 물
론 엄마가 진통제와 드링크제를 하나라도 더 팔려고 늦게까지
약국 문을 닫지 않는 건 안다. 그렇지만 아무리 엄마가 아빠보
다 더 수입이 많다고 해도 가장은 아빠이다.

"그럼, 오빠만 아빠한테 가. 나랑 엄마는 여기에서 살 테니
까."

아영이의 논리대로 하면 그렇게 되나? 진짜 한 대 쥐어박고
싶었다. 여자들은 입만 살아가지고 함부로 놀린다니까. 나도 모
르게 손이 올라갔다.

"으이, 생각하는 거 보면 꼭."

"어쭈. 왜, 때릴려고? 어디 한번 때리기만 해 봐!"

엄마가 그만그만 하면서 소리를 질렀다.

"우리 집엔 거울이 필요 없다니까!"

엄마가 한숨을 쉬었다. 티격태격 싸우는 걸 비꼬는 말이다.

이게 다 대대로 이어온 우리 집안 전투 장면인 걸 어쩌겠나!

"엄마도, 아빠도 고민 중이야. 누구 하나만 손해 보지 않는 선에서 결정할 거야. 꼭."

엄마도 양보만 하지는 않겠다는 소리였다.

지난 금요일

나는 이젤만큼 커다란 모래시계가 되어 있었다. 다른 모래시계들은 잘록한 허리로 모래를 술술 떨어트리는데 나만 흘려보내지 못했다. 모래가 쌓이고 시간은 금요일 새벽에서 정지되어 있었다. 몇 시간 뒤면 소희와 영화 보기로 한 날이란 말이야! 내 시간이 멈추면 어떡해! 고래고래 악을 쓸 때마다 유리 몸이 쩍쩍 갈라졌다. 곧 금이 가서 깨져 버릴 것 같았다. 그때 소희 모래시계가 다가왔다. 왜 늑장을 부리냐며 나를 노려보았다. '시간을 함부로 멈추면 어떻게 되는지 알아?'라며 고양이처럼 사납고 앙칼지게 으르렁거렸다. 그리고 꿈에서 깨어났다.

꿈은 미래를 예지해 주는 것만 같았다. 내일 영화 보는 일도 펑크 나고, 좋아해, 라는 말도 물 건너 가 버릴 것 같아 초조했다. 토요일까지 무작정 기다리자니 24시간이 24년처럼 느껴졌다. 학원 가기 전에 잠깐 만나자고 문자를 전송했다.

우리는 아이스크림 가게에서 만났다. 나는 녹차초코 아이스크림을 시켰고 소희는 작은 알갱이가 톡톡 터지는 메론 맛으로 골랐다.

"내일 몇 시 거 볼까?"

"조조 보자."

소희와 조조 영화를 보게 된다. 어떤 말을 해야 할까? 고민하면 더 생각이 달아났다. 그러다 불쑥 안타까운 듯이 말했다.

"아빠가 있는 지방으로 이사를 갈지도 몰라."

정말로 그 말을 하면서 가슴 한 구석이 아렸다.

"한곳에 머물러 있으면 재미없잖아."

소희가 말했다.

"맞아."

쿨한 척 나도 맞장구를 쳤다. 소희는 내가 떠나도 아무렇지 않은 걸까?

"클레오파트라를 기다리며 생각했어. 길고양이가 인간에게는 불쌍해 보일 수 있지만 실은 훨씬 고양이다운 원초적인 삶을 사는 거라고. 20평 아파트에 갇혀 사는 것보다 신나는 일이겠다고."

소희는 이제 클레오파트라를 포기한 듯했다.

"나도 클레오파트라한테 잘된 일이라고 생각해."

"가난하고 배고프겠지만 대신 자유를 얻었잖아."

"나는 자유로운 건 좋아도 배고픈 건 싫은데."

나는 소희 너와 함께 자유롭게 살고 싶어. 알아? 나는 속으

166

로 외치고 있었다.

"난 그림 그릴 때가 좋아. 그림은 그리고 지우고 색칠하는 일을 혼자서 하는데 이상하게 그때 자유를 느껴. 마치 낯선 곳을 여행하는 것처럼 설레고."

나는 고개를 끄덕였다.

"나는 너를 만날 때마다 여행을 떠나는 것 같아."

내 입에서 그런 말이 튀어나오고 있었다. 갑자기 아이스크림을 넘기는 목이 달군 쇠처럼 뜨거워졌다. 소희도 내 말이 싫지는 않은 듯 희미하게 미소를 띠었다. 그러다 소희가 알갱이 아이스크림을 톡톡 터트리듯 나의 감각을 터트리는 말을 했다.

"난 진짜 여행을 떠날지도 몰라."

"진짜 여행?"

"우리도 멀리 떠나."

소희네 엄마, 아빠는 그림을 그리는 화가라고 했다. 찢어지게 가난해서 소희 하나만 낳고 겨우겨우 그리고 싶은 그림을 그리면서 살아가고 있단다. 소희 엄마는 학생 때부터 가고 싶었던 배낭여행을 이렇게 살다가 미루면 평생 못 가 후회할 것 같다고 했단다. 그리고 소희 아빠는 클레오파트라를 기다리면서 클레오파트라처럼 저질러 버리기로 마음먹었다고.

"다음 주 화요일에 떠나."

만나지마자 이별이 찾아오다니 믿을 수 없었다. 가까스로 의지를 끌어모아 소희처럼 말했다.

"한곳에 머물면 재미없잖아."

"1년 있다가 돌아오면 우린 살 집도 없어."

소희 목소리가 낭랑한 종소리처럼 들렸다. 벌써 어느 멀리에 닿은 듯 이국적으로 다가와 몸을 부르르 떨었다. 그렇게 다 팔아 버리고 용감하게 떠날 수 있는 소희네 엄마, 아빠가 대단하다고 생각했다. 1년 뒤에 돌아온 소희네가 어떻게 될지는 나중 일이었다. 물론 우리 엄마 아빠처럼 겁 많고 욕심 많은 사람은 엄두도 못 낼 일이다. 소희네는 그런 걱정 따위가 우스워 보이는 걸까? 같은 사람인데 왜 이렇게 다르지? 나의 현실적인 걱정 따위는 아랑곳 않은 채 소희는 들떠 있고 흥분되어 있었다. 내 마음이 톡톡 터지다가 폭발할 것 같은 건 하나도 모르는 듯했다. 모래시계 꿈이 어느 정도 맞은 것이다. 시간을 멈추게 한 벌로 나는 소희와 긴 시간 동안 헤어져야 하는 것이다.

지난 토요일

소희가 붓펜으로 그려 준 그림들을 보았다. 볼펜, 사과와 개나리꽃, 내가 좋아하는 여가수 얼굴, 개미와 나뭇잎. 그중에는 내 얼굴도 있다. 약한 곱슬머리와 얇은 입술, 쌍꺼풀 진 오른쪽 눈보다 조금 작은 왼쪽 눈까지 놓치지 않은 감각. 이 그림만이 소희를 추억하게 할 것이다. 책상 위에 놓인 비행기를 집어서 가방에 넣었다. 비행기를 타고 태평양을 건너서 낯선 땅으로 떠날 소희에게 어릴 때부터 갖고 놀았던 비행기를 주고 싶었다. 처음으로 비행기를 타고 간 제주도에서 산 이 모형 비행기는 내가 어릴 때부터 꿈꾸던 여행에 대한 환상을 품은 물건 중의 하나이다. 비행기를 타고 미국의 인디언들을 만나고, 일본 온천에도 가 보고, 러시아에서 순록도 타 보고 싶었다.

소희는 영화관 앞에서 이미 나를 기다리고 있었다.

"클레오파트라가 돌아왔어. 놀라지 마. 새끼 고양이를 세 마리나 데리고 왔어!"

극장 앞에서 표를 끊고 기다리는데 소희가 들떠서 말했다.

"수고양이가 새끼를 데려왔다고?"

"어젯밤 불을 끄고 자려는데 문밖이 시끄러웠어. 바람이 불어 커튼을 치려는데 야옹, 소리가 들리잖아. 얼른 창문을 열었더니 클레오파트라가 초록색 눈을 반짝이며 내 방을 올려다보고 있었어. 덜덜덜 떨면서 한 번 뒤를 돌아보고 나를 보더라. 근데 그 뒤에서 새끼 세 마리가 동시에 야옹야옹 우는 거 있지?"

"흐흐흐, 그놈 웃기네. 여자한테만 모성이 있는 게 아닌가 봐."

내가 놀란 눈을 하고 있는 동안 소희는 연신 감탄을 자아냈다. 그 놈 참 이상한 놈이다. 암놈이 새끼를 돌보는 게 모든 세상의 이치다. 클레오파트라는 동물들의 상식과 법칙을 깨 버렸다. 암고양이는 자식들을 놔두고 어딜 갔기에 수고양이가 추위를 피해 새끼들을 자신의 집으로 데려온 거지? 왠지 그놈한테 당한 듯했다. 역시나 소희는 새끼 때문에 영화를 본 다음 즉시 들어가 봐야 했다. 떠나기 전에 나와 영화를 보아서 좋다고 수줍게 웃을 때 나는 또 한쪽 구석이 찡했다. 소희에게 내가 가져온 비행기를 주었다. 나는 지방으로 내려가려면 아직 시간이 더 있어야 했지만 소희는 화요일에 학교에 왔다가 바로 비행기를 탄다고 했다. 소희가 휴대 전화로 찍은 고양이들을 보여 주었다.

청회색 털에 초록 눈을 한 클레오파트라. 아빠와 다르게 새끼 고양이들은 얼룩 털에 눈 색깔이 제각각이었다. 하지만 누가 봐도 클레오파트라의 새끼가 분명했다. 야옹 하고 우는 소리가 귀에 들리는 듯했다. 정말 귀여웠다. 할머니 말대로 새끼들은 예쁘고 사랑스러웠다. 실제로 보면 정말 예쁠 것 같았다.

지난 일요일

아침부터 소희한테 만나자는 전화를 받고 부리나케 나갔다. 한껏 멋을 부리느라 이 옷 저 옷을 갈아입다가 엄마한테 지청구를 들었다.

"클레오파트라야. 그리고 얘들은……."

상자 안에서 세 마리 새끼 고양이가 엉켜 뒹굴고 있었다. 고양이들은 파르르 떨면서 서로의 털에 몸을 부비고 있었다. 엄마를 쫓아갔으면 젖이라도 배불리 먹었을 텐데 아빠를 따라와서 고생한다고 소희가 웃길래 나도 억지로 웃어 주었다. 소희는 데이트를 하려고 나온 사람한테 고양이부터 안겼다.

"부탁이 있어."

소희는 고양이들을 분양해 달라고 했다. 클레오파트라까지 네 마리를 한꺼번에 다 말이다.

"일 년 뒤에 세 마리가 떨어져서 어디에 사는지도 모르면 나는 참을 수 없을 것 같아."

소희가 고양이처럼 눈을 살짝 감으면서 애원하듯 바라보았다. 거절할 수가 없었다. 나는 안 된다는 말도, 세 마리나? 아니, 네 마리나 다? 란 말도 하지 못했다. 언제쯤 거절할 수 있는 용기를 살 수 있을지…….

"너는 다른 남자랑은 다른 것 같아. 뭐랄까? 클레오파트라처럼 모성 본능이 있는 것 같아. 고마워."

그러면서 소희는 내 볼에 뽀뽀를 했다.

나는 짐승들이 크면서 뿔뿔이 흩어져 제 갈 길로 가는 건 당연하다는 말도 꺼내지 못했다. 볼에 닿은 붉은 기가 집 앞에서도 가시지 않았다. 네 마리 고양이가 든 상자를 안고 들어가다가 아빠가 와 있어서 움찔했다. 나는 당분간만 맡기로 했다면서 자초지종을 설명하느라 식은땀을 흘렸다. 편히 쉬고 싶은 아빠의 심기를 건드릴까 봐 조바심이 났다.

"햐, 귀엽다. 요 놈이 제일 예쁜데."

아빠가 클레오파트라처럼 초록 눈을 한 새끼를 안고서 털을 간질이자 분홍 혀가 쏙 나왔다. 아영이도 회색 눈의 고양이를 안고서 뽀뽀를 했다. 엄마는 마뜩찮은 얼굴로 나머지 한 마리, 노랑 눈을 한 고양이의 머리를 쓰다듬었다. 우리 옆에서 클레오파트라는 미동도 않고 유심히 지켜보고 있었다.

"얘들 다 여자네?"

아빠가 알은체를 하며 군대에 있을 때 진돗개 새끼들을 받아 봤다고 자랑스레 말했다.

"와, 진짜. 그럼 얘들이 새끼를 세 마리씩 낳으면 아홉 마리가 되네."

아영이는 손가락 아홉 개를 펴면서 좋다고 했다.

"총 열세 마리지. 밖으로 내보내서는 절대 안 되겠다. 우리 집이 고양이 동물 병원이 되는 건 절대 안 돼."

"쯧쯧. 애 낳는 게 얼마나 힘든데."

엄마가 혀를 차며 말했다.

"그렇게 힘들어?"

"저 밑바닥까지 내려간다고 생각하면 돼. 남자들은 죽을 때까지 절대 모르지."

'저 밑바닥이라고?'

엄마의 말투는 그늘진 구석처럼 어둑하면서 이미 초월한 사람처럼 진지했다. 첫애인 나를 낳을 때 열다섯 시간 동안 끔찍하게 아팠다며, 여자로 태어난 운명이 그때처럼 저주스러웠던 적이 없었다고 했다. 나는 며칠 전 보았던 사극 속 애 낳는 장면이 떠올랐다. 여자는 왕세자를 낳으려고 이를 악물고 땀을 뻘뻘 흘리며 고통스러워했다. 솔직히 매번 보는 비슷한 장면이라 시시하고 우스워 몰입이 되지 않았다. 아영이는 배를 만지며 자기 낳을 때는 어떠했냐며 자기가 곧 아이를 낳기라도 할 것처럼 나 어떡해? 하고 울상을 지었다.

아빠가 서둘러 엄마의 말에 동조했다.

"왜 몰라, 나도 알아. 그래서 여자들이 위대하잖아! 근데 그거 아니? 아담의 갈비뼈에서 하와가 나왔다는 거?"

아영이가 그건 신화이고 다 뻥이라고 말했다.

의아스러웠지만 금방 눈치를 챘다. 저번에는 엄마가 이긴 것이고 이번에는 아빠가 이긴 것이다. 이렇게 쉽게 엄마가 백기를 들 줄은 생각도 못했다. 아영이 말대로 우리 셋이 움직이는 것은 비효율적이었다. 지금도 썩 잘되는 건 아니지만 새 약국이 잘되리라는 보장도 없었다. 그렇다면 엄마의 양보에 무슨 이득이 생기지? 누구 하나 손해 보지 않는 선에서, 라고 말해 놓고 양보한 엄마가 바보 같이 느껴졌다.

하지만 어쩌면 엄마는 바보가 아니라 천재일 수도 있었다. 아빠가 퇴근 후에는 약국을 지켜 주기로 했으니 얻은 게 더 많은 셈이었다.

소희와 내가 여기를 떠나서 1년 뒤, 재회할 수 있을까? 메일이 있고 문자도 있으니까 안심하기로 했다. 그리고 고양이도 있었다. 헌데 고양이는 언제부터 임신이 가능한지 궁금해졌다. 나는 이 고양이들을 당분간이 아닌 1년 뒤에 데려갈 거라고 말할 뻔뻔함이 생겼다. 엄마와 아빠의 화해 무드를 이용하기로 했다.

"얘들 1년만 봐주자. 응?"

"뭐? 1년?"

엄마가 기겁을 하며 절대 네 마리를 키울 수는 없다고 당장 갖다 주라고 했다.

"엄마, 우리 집에서 거미랑 그 이상한 벌레랑 10년 넘게 잘 살았으면서 고양이 1년 키우는 것 가지고 뭘 그래!"

나는 그 말을 뱉고 인터넷 검색을 하러 얼른 내 방으로 도망쳤다.

지난 월요일

아빠가 새끼 고양이 중 초록이와 노랑이를 안고 떠났다. 가는 길에 할머니 댁에 들러서 둘 중 한 마리를 주고 한 마리는 심심하니까 아빠가 키우기로 했다. 우리 집에는 클레오파트라와 회색 눈만 남겨졌다. 회색눈이는 사료를 먹고 분홍 혀로 몸을 핥다가 잠이 들었다. 클레오파트라는 없어진 새끼들을 찾는 듯

거실을 배회하다가 회색눈이를 꼬리로 감싸 주었다.

엄마 약국과 우리 집이 나가면 아빠 회사 근처로 이사를 가기로 했다. 엄마는 요즘 부동산 경기가 좋지 않아서 집이 빨리 나가지 않을 거라고 했다. 아직도 미련이 남았는지 영원히 집이 나가지 않기를 바라는 듯했다.

잠이 오지 않았다.

눈꺼풀이 무겁게 느껴지는 순간, 어둠 속에서 회색빛이 신비스럽게 빛났다. 네 다리, 부드러운 털, 감춘 발톱. 이번에는 내가 회색 눈을 가진 고양이가 되어 있었다. 어느새 훌쩍 커 버린 나는 어슬렁거리며 어두운 침대 밑으로 들어갔다. 모래시계가 되었던 때의 놀람과 황당함도 잠시, 갑자기 끔찍한 통증이 몰아쳤다. 배가 갈기갈기 찢어지는 듯했다. 엄마가 말한 저 밑바닥까지 내려가는 느낌이 이런 건가! 살이 찢어지고 뼈가 갈라지는 고통이 찾아왔다. 배 안쪽에서 몸을 뒤흔드는 진동이 계속 되었다. 빠르게, 느리게, 파도처럼 밀려왔다가 사라지는 듯하다 다시 격렬하게 엄습하는 통증. 남자들은 죽을 때까지 그 느낌을 모른다고 했는데 왜 나만 알아야 되는 걸까? 정말 모르고 싶었다.

다시 오늘 아침, 화요일

꿈은 무의식의 산물이라고 했다. 내가 회색 고양이가 되어

저 밑바닥까지 가는 고통 끝에 따뜻하고 이상한 충만감에 사로잡혔다면 무슨 말인지 이해 못 할 것이다. 하긴 꿈에서 깨어났을 때 느꼈던 그 감정이 벌써 어슴푸레해져 버렸다. 아무튼 고통 뒤에 찾아온 충만감과 평안함은 이루 말할 수가 없었다. 그렇다면 내가 암고양이가 되어서 새끼 낳는 꿈을 꾸었다고 여자가 된 것인가? 그렇게 추론할 수 있지만 그건 꿈이고 추론일 뿐이다.

지금 여자가 되어 있다는 현실이 중요하고 시급했다. 배를 만져 보았지만 언제 아팠냐는 듯이 아무런 감각이 없었다. 이제 똑같은 꿈을 꾸지 않는 이상 그런 고통은 두 번 다시 찾아오지 않을 것이다.

시계 바늘은 점점 학교 갈 시간으로 달려가고 있는데 내 몸은 그대로였다. 부드럽고 매끈한 피부와 불룩한 가슴과 허벅지. 오늘은 소희를 마지막으로 보는 날이다. 이토록 학교에 가고 싶은 화요일이 없었다. 솔직하게 네가 여자라서 진짜 좋다고 고백할 수 있을 것 같았다. 오늘은 용기를 내어서 그렇게 말할 것이다. 가방을 마저 챙기고 화장실에 얼른 들어가서 세수를 하고 양치를 했다. 면도는 하지 않아도 될 정도로 입술 위가 매끄러웠다. 교복을 입고서 식탁으로 나가니 아무도 나의 변화를 알아보지 못했다. 엄마는 부스스했고 아영이는 밥 말고 샌드위치가 먹고 싶다고 투덜거렸다. 나는 감잣국을 후다닥 먹었다. 오늘 하루면 되었다. 하루만 지나면 나는 원래의 나로, 구불거리는 머리카락에 짝눈을 가진 남자로 돌아갈 것이다. 딱정벌레도 하루가 지난 뒤에 원래의 아이로 돌아갔었다. 나도 그럴 것이다. 여느 날과 똑같지 않은데 똑같은 척, 나 같은 척했다. 나의 변신에 대해 알아채지 못하는 것이 섭섭했지만 모르는 것이 훨씬 나았다. 나는 밥을 뜨면서 문득 아영이가 남자가 되는 상상을 했다. 푸하하. 웃음이 터져 나왔다. 동시에 남자의 저 밑바닥을 느낄 여동생을 생각하니 안쓰럽고 측은하기까지 했다. 혹시 엄마도 오늘 하루 남자가 되어 있는 건 아닐까? 하루쯤은 변신해서 서로의 마음과 몸이 되어 보는 것도 괜찮지 않을까?

나는 오늘, 화요일에 벌어질 일을 기대하며 남자와 여자가 우글거리는 학교로 향했다.

서로를 닮아가며 하나가 되는 친구

십대 시절의 어느 날, 나는 십 년, 이십 년 후 내 스무 살, 서른 살, 그 너머 마흔 살은 어떨까? 궁금해 하곤 했었다.

막연한 물음에 아마도 나는 어른들의 불안감과 두려움과 초조를 먼저 읽었던 것 같다. 그랬다. 어른들의 삶은 행복해 보이지 않았다. 닿을 수 없는 존재에 대한 불안감에 어른이 빨리 되고 싶지 않았던 기억이 난다.

그러나 나는 어느새 어른이, 그리고 엄마가 되었다.

막상 어른이 된 지금, 요즘의 십대들이 우리 때보다 훨씬 녹록치 않은 현실을 살고 있음을 보게 된다. '왜 이렇게 되었지?'라고 묻는 건 바보 같은 생각처럼 느껴진다. 빨리 현실을 받아들이고, 경쟁의 사다리를 오르라고 재촉해야 할 것만 같다.

아마도 청소년을 위한 글을 쓰지 않았으면 덜 고민하고 덜 아파했을지도 모르겠다. 문학은 현실의 반영이라고 한다. 하지만 때로는 현실보다 더 잔인하고, 비논리적이며, 가끔은 딜레마에 빠지기도 한다. 여기에 나오는 태영, 승훈, 재령, 시욱, 재민, 해성이도 그렇다. 어른들이 만든 환경과 사회 구조가 청소년들을 살리는 것이 아니라 죽이는 현실이 되고 말았다. 그래서인지 안타깝게도 '무엇을 쓸까?'하는 고민 없이 소재를 찾을 수 있었다. '그러나 진짜 아무 일도 없는 걸까?'라고 묻고 싶은 것이 내 마음이었다. 우리 친구들도 이런 의혹을 가지고 자신의 피켓을 들기 바랐다.

어느 작가가 '청소년기에 비축한 감성이 나를 지탱해 주는 강력한 힘인 것만 같다.'라고 쓴 글을 읽은 적이 있다. 나 역시 그때의 감성을 야금야금 빼먹으며 글을 쓰는 것인지도 모르겠다. 밤새워 들은 음악, 우러러본 밤하늘, 우정과 인간관계 그리고 틈틈이 읽었던 문학이 더욱 중요해지는 이유이기도 하다. 고등학교 시절 밤새워 들은 음악 중의 하나가 산울림의 〈너의 의미〉이다. '너의 그 한마디 말도 그 웃음도 나에겐 커다란 의미' 이런 가사로 시작된다. 당시의 '너의 의미'는 지금 여러분이 고대하듯이 이성에 대한 염원과 고민이었을 것이다. 그런데 이제 나에게는 청소년들의 눈빛, 웃음, 눈물 그리고 쓸쓸한 뒷모습이 커다란 의미가 된 것 같다. 나는 여러분과 친구가 되었으면 한다. 친구가 되려면 같이 울고 웃을 수 있어야 한다고 했던가. 시간 가는 줄 모르고 얘기하고 작은 일에도 토라지지만 금세 화해하지 않으면 못 배기는, 차츰 서로를 닮아가며 하나가 되는 그런 친구가 되었으면 좋겠다. 그렇게 친구처럼 뒹굴고 아파하면서 수수께끼를 풀어 나갔으면 좋겠다. 그러다 어느 날 문득 힘 있는 이야기, 힘 주는 이야기를 쓰고 있는 나를 발견했으면 좋겠다.

2년의 시간을 헛되지 않게 부족한 원고를 좋은 책으로 내주신 〈푸른책들〉에 감사의 인사를 전하고 싶다. 한 가지 더 욕심을 부린다면 좋은 엄마이면서 동시에 좋은 작가이기를 꿈꿔 본다.

2013년 봄을 기다리며
은평구립도서관에서
김인해

김 인 해

1967년 전북 부안에서 태어났으며, 대학에서 문예창작을 전공했다. '어린이책 작가교실'을 수료했으며, 2010년 제8회 푸른문학상에 단편 청소년소설 「외톨이」로 '새로운 작가상'을 수상하며 본격적인 작품 활동을 시작했다. 2012년 통일동화공모전에서 「캄보디아에서 온 편지」로 특별상을 받았다. 『우리들의 사춘기』는 공부에 대한 압박, 사춘기, 사회 현실, 재혼 가정, 남녀의 차이 등 오늘날의 청소년들이 겪는 고민을 터질 듯한 가슴을 안고 사는 소년들의 시선으로 강렬하면서도 진솔하게 그린 작가의 첫 청소년소설집이다.

푸른도서관

푸른도서관은 '10대에서 20대까지' 눈부신 성장을 거듭하는
'푸른 세대'를 위한 본격 문학 시리즈입니다.
이금이 작가의 대표작인 『유진과 유진』을 비롯하여
푸른문학상 수상작 『쥐를 잡자』, 『외톨이』 등
당대 청소년들의 현실을 생생하게 반영한 성장소설과
『화랑 바도루』, 『에네껜 아이들』 등 다양한 시대상을 반영한
역사소설 그리고 판타지와 청소년시집에 이르기까지
국내 작가들이 공들여 창작한 흥미롭고 감동적인 작품들을
푸른도서관에서 더 만나 보세요!

1. 뢰제의 나라 강숙인 지음

교통사고로 가사 상태에 빠진 열두 살 소년이 저승사자의 손에 이끌려 저승인 '뢰제의 나라'
를 여행하면서 벌어지는 모험담을 담은 판타지소설.

★ 윤석중문학상 수상작   ★ 동화읽는가족 추천도서

2. 아버지가 없는 나라로 가고 싶다 이규희 지음

아픈 결핍의 가족사를 벗어던지고 마침내 더 너른 세상을 향해 나아가는 소녀를 통해 성장의
의미를 곰곰이 곱씹게 해 주는 가슴 뭉클한 성장소설.

★ 세종아동문학상 수상작가

3. 까망머리 주디 손연자 지음

좋아하는 남학생에게 외모에 대한 조롱 섞인 말을 듣고, 입양아인 자신이 미국 사회의 이방
인이라는 사실을 깨닫는 사춘기 소녀 주디가 정체성을 찾아가는 이야기.

★ 책따세 추천도서   ★ 경기도학교도서관사서협의회 추천도서   ★ 부산광역시교육청 독서인증제 권장도서

4. 이삐 언니 강정님 지음

일제 강점기 말과 해방 공간을 시간적 배경으로 밤나무정 마을에 사는 '복이'라는 여자아이
의 삶의 비밀을 하나하나 알아가는 과정을 그린 아름다운 연작소설집.

★ 서울시교육청 교과별 권장도서   ★ 한우리독서토론논술 필독도서   ★ 한국아동문예상 수상작

5. 너도 하늘말나리야 이금이 지음

미르와 소희, 바우는 각자의 상처를 속으로 감추고 괴로워하다 서로를 알아본다. 서로의 상
처를 보듬어 주는 순간, 상처에는 새살이 돋고 아이들은 비로소 성장하게 된다.

★ 중학교 〈국어〉 교과서 수록   ★ 책따세 추천도서   ★ 〈중앙일보〉 좋은책 100선 선정도서

6. 내 이름엔 별이 있다 박윤규 지음

1970년대라는 한국 사회의 정치적·사회적 격동기를 배경으로 성장해 나가는 사춘기 소년의
삶을 통해 2000년대의 우리가 잊고 지냈던 '꿈'과 '희망'을 다시 한 번 환기시켜 준다.

★ 서울시립어린이도서관 추천도서

7. 토끼의 눈 강정규 지음

한국 전쟁을 배경으로 한 세 편의 이야기를 엮은 소설집. 작품 속에 총소리나 죽음은 등장하
지 않지만, 천진한 아이들의 눈으로 바라본 전쟁이 숨이 막힐 듯 가깝게 다가온다.

★ 세종아동문학상 수상작   ★ 아침독서 청소년 추천도서

8. 화랑 바도루 강숙인 지음

부모님을 일찍 여읜 바도루가 김충현 장군 밑에서 생활하며 그의 자제인 경천과 함께 피나는
노력과 뜨거운 우정을 나누며 꿈에 그리던 화랑이 되는 이야기를 그린 본격 역사소설.

★ 동화읽는가족 추천도서

9. 유진과 유진 이금이 지음

어린 시절 함께 성추행을 당한 동명이인 '유진과 유진'의 각각 다른 성장 과정을 통해 청소년
의 심리를 아주 세밀하게 보여 주는 이금이 작가의 청소년소설.

★ 책따세 추천도서   ★ 어린이도서연구회 청소년 권장도서   ★ 학교도서관저널 선정 성장소설 50선

10. 마사코의 질문 손연자 지음

일본인 소녀의 입으로 일본인의 죄를 묻는 이야기. 일제 강점기에 우리 민족이 겪은 온갖 수난을 생생하고 절실하게 그려 낸 9편의 작품이 실려 있다.

★ 세종아동문학상 수상작　★ SBS 어린이미디어대상 수상작　★ 한우리독서토론논술 필독도서

11. 아, 호동 왕자 강숙인 지음

비극적 사랑의 대명사 호동 왕자와 낙랑 공주, 그들이 정말 사랑하는 사이였는가에 대한 의문으로 시작된 역사소설. 우리가 알고 있던 이야기를 뒤집어 전혀 새로운 시각을 제시한다.

★ 한우리독서토론논술 필독도서　★ 서울독서교육연구회 추천도서　★ 책읽는교육사회실천협의회 추천도서

12. 길 위의 책 강 미 지음

'책'을 통해 자연스럽게 자신의 고민과 방황을 해결하고 상처를 치유해 나가는 여고생들의 이야기를 잔잔하게 그렸다. 청소년들을 위한 성장소설들이 '책 속의 책'으로 가득 담겨 있다.

★ 제3회 푸른문학상 수상작　★ 책따세 추천도서　★ 문화체육관광부 우수교양도서

13. 느티는 아프다 이용포 지음

'지금 여기'의 '가장 낮은 곳'을 이야기하는 성장소설. 독자들에게 이웃을 바라보는 시선을 바꾸고 존재의 소중함을 돌아볼 수 있는 시간을 마련해 준다.

★ 한국문화예술위원회 우수문학도서　★ 평화박물관 선정 청소년 평화책

14. 발끝으로 서다 임정진 지음

베스트셀러 『행복은 성적순이 아니잖아요』의 임정진 작가가 펴낸 청소년소설. 낯선 땅으로 홀로 유학을 떠난 주인공을 통해 조기 유학생활의 어려움과 외로움을 절절하게 그렸다.

★ 책따세 추천도서

15. 마지막 왕자 강숙인 지음

역사의 그늘에 가려져 있던 인물이자 신라의 마지막 왕인 경순왕의 아들 마의태자를 주인공으로 한 역사소설로, 그의 새로운 영웅적 면모를 보여 준다.

★〈중앙일보〉좋은책 100선 선정도서　★ 어린이도서연구회 청소년 권장도서

16. 초원의 별 강숙인 지음

마의태자를 주인공으로 한 『마지막 왕자』의 후속작. 사라져 버린 나라를 그리워하던 주인공 새부가 광활한 만주 대륙에서 아버지의 꿈을 이루는 과정을 흥미진진하게 그리고 있다.

★ 동화읽는가족 추천도서

17. 주머니 속의 고래 이금이 지음

가슴속에 품고 있는 꿈을 찾기 위해 노력하는 열다섯 살 아이들에 대한 이야기이다. 저마다 꿈을 좇는 과정에서 실패와 좌절을 겪지만 다시 씩씩하게 일어나는 모습을 보여 준다.

★ 중학교 〈국어〉 교과서 수록　★ 아침독서 청소년 추천도서　★ 대한출판문화협회 올해의 청소년도서

18. 쥐를 잡자 임태희 지음

원치 않는 임신을 한 여고생의 이야기로 성에 대해 여전히 취약한 우리 청소년의 현실을 돌아보고 위험성을 인식하게 만든다. 동시에 대책 마련이 시급하다는 사실을 새삼 일깨운다.

★ 제4회 푸른문학상 수상작　★ 아침독서 청소년 추천도서　★ 어린이도서연구회 청소년 권장도서

19. 바람의 아이 한석청 지음

우리나라 아동청소년문학 최초로 발해를 소재로 한 장편역사소설. 고구려 멸망 뒤 옛 고구려 지역에 살던 이들의 비참한 삶과 나라를 되찾고자 하는 투쟁을 생생하게 그려 냈다.

★ 한우리독서토론논술 필독도서　★ 책읽는교육사회실천협의회 추천도서

20. 베스트 프렌드 이경혜 외 지음

사춘기를 지나 성숙한 남녀로 성장하는 과정에 놓인 청소년들의 심리 변화를 섬세하게 그린 표제작을 비롯해 현실적인 청소년들의 한계와 모순을 그린 5편의 단편소설을 엮었다.

★ 어린이도서연구회 청소년 권장도서

21. 리남행 비행기 김현화 지음

봉수네 가족이 북한을 탈출해 리남행 비행기에 오르기까지의 여정이 긴장감 있게 그려져 있다. 온갖 역경 속에서도 인간애와 가족애를 잃지 않는 모습이 진한 감동을 선사한다.

★ 제5회 푸른문학상 수상작　★ 책따세 추천도서　★ 한국문화예술위원회 우수문학도서

22. 겨울, 블로그 강미 지음

자신만의 길을 찾아가는 청소년들이 종횡무진 활동하는 네 편의 작품을 담았다. 청소년들의 일상을 정확하고 섬세하게 묘사하여 그들이 나아갈 수 있는 길을 오롯이 보여 준다.

★ 문화체육관광부 우수교양도서　★ 아침독서 청소년 추천도서　★ 한국출판인회의 선정 이달의 책

23. 네가 하늘이다 이윤희 지음

1894년 동학 농민 운동을 배경으로 새로운 세상을 꿈꾸었지만 결국 이름조차 남기지 못하고 스러져 간 농민군의 이야기를 감동적으로 그려 낸 대하역사소설.

★ 아침독서 청소년 추천도서　★ 한국어린이문화대상 수상작

24. 벼랑 이금이 지음

원조 교제, 첫 키스, 협박, 폭력……. 거친 현실의 이면에 감춰진 청소년들의 내면을 섬세하게 다루고 있는 이금이 작가의 연작청소년소설.

★ 한국문화예술위원회 우수문학도서　★ 아침독서 청소년 추천도서　★ 네이버 북리펀드 선정도서

25. 뚱깐뎐 이용포 지음

서기 2044년, 한국에서 영어 공용화 법안이 통과된 뒤 영어가 일상어로 자리를 잡은 때와 한글이 박해를 받던 연산군 시절을 오가며 현대인들에게 진지한 성찰의 기회를 제공한다.

★ 아침독서 청소년 추천도서　★ 대한출판문화협회 올해의 청소년도서　★ 〈중앙일보〉 선정 이달의 책

26. 천년별곡 박윤규 지음

천 년의 시간을 애증과 그리움으로 버틴 주목나무의 이야기를 절제된 감성으로 그린 작품. 시 형식을 차용한 소설인 '시소설'이란 신선한 장르에 애절한 정서를 잘 녹여 냈다.

★ 한우리가 선정한 좋은 책

27. 지귀, 선덕 여왕을 꿈꾸다 강숙인 지음

지귀 설화 속에 숨어 있는 선덕 여왕 이야기를 담은 역사소설. 지귀와 선덕 여왕, 김춘추와 김유신 등 시대의 격랑에 휘말린 이들의 삶과 사랑이 독자들의 가슴속에 파고든다.

★ 책따세 추천도서　★ 네이버 북리펀드 선정도서　★ 아침독서 청소년 추천도서

28. 청아 청아 예쁜 청아 강숙인 지음

〈심청전〉을 현대적으로 재해석한 소설. 새로운 시각의 심청과 서해 용왕 그리고 그의 아들을 등장시켜 '보이지 않는 사랑 이야기'를 통해 참다운 사랑의 의미를 되새기게 한다.

★ 한국출판인회의 선정 이달의 책   ★ 중앙독서교육 선정도서

29. 살리에르, 웃다 문부일 외 지음

'엄친아'와의 비교에 시달리며 자신을 '살리에르'라 믿는 청소년들에게 건네는 '꿈'에 관한 다섯 가지 이야기. 꿈을 향한 청소년들의 힘차고도 아름다운 몸부림이 담겼다.

★ 제6회 푸른문학상 수상작   ★ 아침독서 청소년 추천도서   ★ 경기도학교도서관사서협의회 추천도서

30. 사라지지 않는 노래 배봉기 지음

세계적 미스터리의 하나인 이스터 섬 모아이 석상의 비밀을 소재로 인간의 파괴적 욕망과 그것을 극복했을 때 찾을 수 있는 평화를 보여 준다.

★ 문화체육관광부 우수교양도서   ★ 네이버 북리펀드 선정도서   ★ 국립어린이청소년도서관 추천도서

31. 김홍도, 조선을 그리다 박지숙 지음

김홍도의 그림을 통해 그의 삶을 다룬 연작으로, 작가 특유의 상상력과 깊이 있는 통찰력으로 '인간 김홍도'의 삶을 생생하게 되살려낸 본격 역사소설이다.

★ 문화체육관광부 우수교양도서   ★ 〈소년조선일보〉 추천도서   ★ 아침독서 청소년 추천도서

32. 새가 날아든다 강정규 지음

한국 전쟁을 직접 경험한 세대가 전쟁과 분단과 이산이라는 문제를 다른 시각에서 조명한 작품. 역사의 굴곡을 넘어 당대의 사람들이 더불어 살아가는 이야기를 일곱 편의 소설에 담았다.

★ 아침독서 청소년 추천도서

33. 에네껜 아이들 문영숙 지음

구한말 멕시코의 낯선 농장으로 이주한 조선 사람들이 노예처럼 일하며 온갖 고난과 수모를 당하지만 불굴의 의지로 희망의 새로운 터전을 마련한 내용을 담은 역사소설.

★ 책따세 추천도서   ★ 대한출판문화협회 올해의 청소년도서   ★ 아침독서 청소년 추천도서

34. 밤나무정의 기판이 강정님 지음

1950년대를 배경으로 소년 기판이의 각별하고도 애틋한 성장과 모험과 죽음을 다룬 이야기. 작가 특유의 입담과 사투리에 실린 당시의 일상과 풍속이 눈앞에 생생하게 되살아난다.

★ 한국문화예술위원회 우수문학도서   ★ 아침독서 청소년 추천도서

35. 스쿠터 걸 이은 지음

질풍노도의 시기인 청소년기의 한복판에 서 있는 열다섯 살 중학생들을 본격적으로 등장시킴으로써 중학생들의 삶을 밀도 있게 그려 낸 청소년소설집.

★ 한국간행물윤리위원회 우수청소년저작 당선자   ★ 학교도서관저널 추천도서

36. 우리 반 인터넷 소설가 이금이 지음

거짓이 휘두르는 보이지 않는 폭력에 '진실'이 어떻게 왜곡되고 유배되는지를 청소년들의 생생한 세태 묘사와 치밀한 구성을 바탕으로 보여 준다.

★ 네이버 북리펀드 선정도서   ★ 학교도서관저널 추천도서   ★ 국립어린이청소년도서관 추천도서

37. 열네 살, 비밀과 거짓말 김진영 지음

습관적인 도둑질에 빠져들면서 비밀과 거짓말이 늘어나게 된 평범한 열네 살 소녀 하리가 다시 삶의 진실을 찾아가는 성장소설.

★ 한국간행물윤리위원회 청소년 권장도서   ★ 문화체육관광부 우수교양도서

38. 허황옥, 가야를 품다 김 정 지음

먼 바다를 건너 가야로 온 인도 아유타국 공주 허황옥의 삶을 조명하면서, 철을 바탕으로 국제 무역의 중심지로 자리했던 가야의 역사를 생생히 전하는 역사소설이다.

★ 학교도서관저널 추천도서   ★ 대한출판문화협회 올해의 청소년도서

39. 외톨이 김인해 외 지음

요즘 청소년들의 왜곡된 삶과 고민을 가감 없이 보여 주며, 그들의 정서적 긴장감과 내면적 따뜻함을 동시에 그리고 있는 세 편의 단편소설이 실려 있다.

★ 제8회 푸른문학상 수상작   ★ 국립어린이청소년도서관 사서 추천도서   ★ 아침독서 청소년 추천도서

40. 그래도 괜찮아 안오일 지음

현실의 부정과 좌절에 길항하는 청소년들의 고민을 진정성 있게 담아낸 청소년시집. 청소년들이 지닌 '생기'를 유감없이 보여 주며 긍정과 희망의 메시지를 전한다.

★ 한국간행물윤리위원회 우수청소년저작 당선작   ★ 한국문화예술위원회 우수문학도서

41. 소희의 방 이금이 지음

이금이 작가의 대표작 『너도 하늘말나리야』의 후속작. 달밭마을을 떠나 재혼한 친엄마와 재회해 새 가족의 일원이 된 열다섯 소희의 욕망과 아픔을 다룬 성장소설이다.

★ 한국문화예술위원회 우수문학도서   ★ 한겨레·예스24 선정 청소년책 30선

42. 조생의 사랑 김현화 지음

조선시대를 배경으로 청년 '조생'이 청나라에 파견되는 연행사로 길을 떠나 사랑과 우정, 정의, 신념 등 삶의 진리를 깨달아가는 과정을 그린 청소년 역사소설.

★ 서울시교육청 남산도서관 사서 추천도서   ★ 〈아침햇살〉 선정 좋은 청소년책

43. 아버지, 나의 아버지 최유정 지음

위탁가정에 맡겨진 열여섯 살 연수가 자신의 친아버지를 찾아 떠나는 여정을 통해 진정한 자아 정체성을 확립해 가는 과정을 밀도 있게 그렸다.

★ 한국문화예술위원회 우수문학도서   ★ 〈아침햇살〉 선정 좋은 청소년책

44. 타임 가디언 백은영 지음

타임 슬립이라는 장치를 통해 개인과 사회에서 일어나는 현실의 문제들을 조명하는 본격 청소년 SF소설. 시공간을 뛰어넘는 구성과 예측할 수 없는 독특한 상상력을 맛볼 수 있다.

★ 〈아침햇살〉 선정 좋은 청소년책

45. 분청, 꿈을 빚다 신현수 지음

고려 최고의 사기장의 아들인 강쇠가 왜구 침입과 왕조의 변혁 등 극한 시대 상황 속에서 분청사기를 만들기까지의 과정을 흡인력 있게 그린 역사소설.

★ 대한출판문화협회 올해의 청소년도서   ★ 아침독서 청소년 추천도서

46. 방울새는 울지 않는다 박윤규 지음

5·18이라는 역사적 사건을 배경으로 그려지는 명창 소녀 '방울'과 고수 '민혁'의 안타까운 사랑 이야기. 슬픈 현대사를 정면으로 바라보고 올바르게 판단할 수 있는 용기를 준다.

★ 학교도서관저널 추천도서   ★ 한국문화예술위원회 우수문학도서

47. 악어에게 물린 날 이장근 지음

현직 중학교 교사인 시인이 청소년과 함께 호흡하면서 체험한 담백하고 직설적인 언어가 공감을 불러온다. 청소년들 질풍노도가 마음껏 활개 칠 수 있도록 기운을 북돋는 청소년시집.

★ 책따세 추천도서   ★ 대한출판문화협회 올해의 청소년도서   ★ 어린이도서연구회 청소년 권장도서

48. 찢어, Jean 문부일 지음

아르바이트, 집단 따돌림 등 청소년들이 공감할 수 있는 일곱 편의 이야기가 담겼다. 현실에 갇혀 사는 청소년들의 일탈을 유쾌하면서도 진정성 있게 담았다.

★ 아침독서 청소년 추천도서   ★ 한국문화예술위원회 우수문학도서

49. 불량한 주스 가게 유하순 외 지음

실수와 시행착오를 반복하다가 돌연 성장의 분기점을 지나는 청소년들의 '오늘'을 포착했다. 좌절과 반성의 언어조차 싱그러운 청소년들을 응원하게 만드는 네 편의 단편소설 모음.

★ 제9회 푸른문학상 수상작   ★ 아침독서 청소년 추천도서   ★ 네이버 북리펀드 선정도서

50. 신기루 이금이 지음

엄마와 엄마 친구들과 함께 몽골 사막 여행을 떠난 열다섯 다인이가 보낸 6일간의 여정을 통해 또 다른 생명의 고리로 순환되는 모녀 관계에 대한 고찰을 여행기 형식으로 그렸다.

★ 네이버 북리펀드 선정도서   ★ 서울시립어린이도서관 추천도서   ★ 아침독서 청소년 추천도서

51. 우리들의 매미 같은 여름 한결 지음

섭식장애를 앓고 있는 모녀, 성추행, 보이콧 등 청소년들이 겪는 지독하게 뜨겁고 아픈 이야기가 담겨 있다. 청소년들이 자신 그리고 세상과 화해하는 여정을 솔직담백하게 그렸다.

★ 한국문화예술위원회 우수문학도서   ★ 네이버 북리펀드 선정도서

52. 모래시계가 된 위안부 할머니 이규희 지음

일본군 위안부로 끌려가 꽃다운 처녀 시절을 유린당한 황금주 할머니의 실제 이야기를 김은비라는 소녀의 이야기와 엮어 액자 형식으로 쓴 소설로, 일본어로도 번역 출간되었다.

★ 국제펜문학상 수상작   ★ 학교도서관저널 추천도서   ★ 경기도교육청 추천도서

53. 까레이스키, 끝없는 방랑 문영숙 지음

소련의 강제 이주 정책으로 시베리아 횡단 열차를 탔던 17만여 명의 까레이스키들의 고난과 역경, 도전과 설움을 절절하게 그린 역사소설이다.

★ 한국문화예술위원회 우수문학도서   ★ 아침독서 청소년 추천도서   ★ 한우리가 선정한 좋은 책

54. 나는 랄라랜드로 간다 김영리 지음

기면증을 앓는 소년과 그의 가족이 게스트하우스를 사수하기 위해 펼치는 소동을 재기 발랄하게 그렸다. 절망 속에서도 웃으며 싸울 줄 아는 청춘의 싱그러운 맨얼굴이 돋보인다.

★ 제10회 푸른문학상 수상작   ★ 아침독서 청소년 추천도서   ★ 한국문화예술위원회 우수문학도서

55. 열다섯, 비밀의 방 장미외지음

영혼의 도플갱어를 찾아 헤매는 외로운 청소년의 자화상이 네 편의 단편소설 속에 어우러져 있다. 청소년들의 내면의 목소리들이 조화롭게 어우러져 다양한 빛깔의 공명음을 들려준다.

★ 제10회 푸른문학상 수상작 　★ 경기도학교도서관사서협의회 추천도서

56. 눈썹 천주하지음

암에 걸려 1년 4개월 동안 치료를 받던 열일곱 살 소녀가 일상으로 돌아온 뒤의 이야기를 담고 있다. 가족과 친구, 일상이 얼마나 가치 있는 것인지를 새삼 깨우쳐 준다.

★ 국립어린이청소년도서관 사서 추천도서 　★ 한국문화예술위원회 우수문학도서

57. 나는 지금 꽃이다 이장근지음

청소년들의 삶을 제대로 들여다보고 마음을 헤아리는 시 창작 과정을 통해 나온 본격적인 청소년을 위한 시로, 삶이 점점 피폐해지고 있는 청소년들의 마음을 어루만져 준다.

★ 문화체육관광부 우수교양도서 　★ 경기도학교도서관사서협의회 추천도서 　★ 학교도서관저널 추천도서

58. 우리들의 사춘기 김인해지음

겉으로 잘 드러나지 않는 소년들의 감성을 날카롭게 포착하여 진솔하고 강렬하게 그려낸 '소년들을 위한' 소설집. 표제작을 비롯한 여섯 편의 단편청소년소설을 담고 있다.

★제8회 푸른문학상 수상작가 　★국립어린이청소년도서관 사서 추천도서 　★한국문화예술위원회 우수문학도서

59. 여우 소녀 미랑 김자환지음

조선시대 임진왜란 발발 즈음의 여수 지방을 배경으로, 구미호에게 아버지를 잃은 묘남과 구미호의 딸 여우 소녀 미랑의 애틋한 사랑 이야기를 담고 있다.

★ 새벗문학상 수상작가

60. 얼음이 빛나는 순간 이금이지음

아이와 어른의 경계에서 몸살을 앓던 두 소년이 5년 뒤 전혀 다른 풍경을 띠게 된 각자의 삶을 응시한다. 우연으로 시작해 선택으로 이루어지는 인생의 내밀한 진실을 담았다.

★ 윤석중문학상 수상작가 　★ 학교도서관저널 추천도서

61. 택배 왔습니다 심은경지음

질풍노도를 겪는 청소년과 그를 둘러싸고 있는 가족, 친구, 사회의 풍경을 세밀하게 그린 여섯 편의 단편청소년소설을 담았다. 건강하게 자립하고 따뜻하게 소통할 줄 아는 인물들의 모습에서 희망을 엿볼 수 있다.

★ 제10회 푸른문학상 수상작가 　★ 한국문화예술위원회 우수문학도서 　★ 학교도서관저널 추천도서

62. 똥통에 살으리랏다 최영희외지음

팍팍한 사회 현실에 가로막힌 청소년들의 고민을 각기 다른 개성으로 그린 네 편의 단편청소년소설을 묶었다. 청소년 특유의 감성으로 부조리한 사회와 욕망을 관찰하고 풍자하는 이야기가 공감을 불러일으킨다.

★ 제11회 푸른문학상 수상작

63. 나에게 속삭여 봐 강숙인 지음

어느 날 갑자기 죽음을 맞이한 열일곱 살 소년 서준과 혼령의 기를 느끼는 소녀 아리 그리고 서준의 쌍둥이 여동생 유주가 각자의 방법으로 성장해 나가는 청소년 판타지소설.

★ 윤석중문학상 수상작가   ★ 학교도서관저널 추천도서

64. 아버지의 알통 박형권 지음

촌스러운 아빠와 바닷가 마을에 살게 되면서 정직하게 일하는 사람들을 만나며 한층 성장해 가는 주인공의 이야기가 유쾌한 감동을 선사한다.

★ 한국안데르센상 수상작가

65. 나는 나다 안오일 지음

청소년들에게 자신의 꿈이 무엇인지 알게 해 주어 스스로 자신의 삶에 당당하게 맞서는 모습을 보고 싶다는 작가의 바람을 담은 청소년시 57편이 실려 있다.

★ 제8회 푸른문학상 수상작가

66. 순희네 집 유순희 지음

순희네 집에 얽힌 가슴 아프지만 따뜻한 이야기와 성장통을 겪는 순희의 모습을 작가 특유의 섬세한 문장 안에 담아낸 자전적 소설이다.

★ 제14회 MBC 창작동화대상 수상작   ★ 제8회 푸른문학상 수상작가   ★ 한국출판문화산업진흥원 선정 세종도서

67. 첫 키스는 엘프와 최영희 지음

제11회 푸른문학상 수상작가의 첫 청소년소설집으로, 미래에 대한 압박감에 갇혀 십 대 시절을 보내는 오늘의 청소년들에게 부치는 편지 같은 소설 여섯 편을 묶었다.

★ 제11회 푸른문학상 수상작가   ★ 아침독서 청소년 추천도서   ★ 어린이도서연구회 청소년 권장도서

68. 숨은 길 찾기 이금이 지음

이금이 작가의 대표작 『너도 하늘말나리야』의 두 번째 후속작으로 소희의 욕망과 아픔을 다룬 『소희의 방』에 이어 달빛마을에 남은 미르와 바우의 사랑과 꿈을 섬세하게 그려 낸 성장소설이다.

★ 소천아동문학상 수상작가   ★ 한국출판문화산업진흥원 선정 세종도서

69. 스키니진 길들이기 김정미 외 지음

아직 미완성인 '나'의 정체성을 찾기 위해 고군분투하는 청소년들의 모습을 그린 네 편의 단편청소년소설이 실려 있다. 청소년이라면 누구나 고민해 봤을 만한 이야기가 공감을 불러일으킨다.

★ 제12회 푸른문학상 수상작   ★ 한국출판문화산업진흥원 선정 이달의 책   ★ 아침독서 청소년 추천도서

70. 나는 블랙컨슈머였어! 윤영선 외 지음

우리 사회를 바라보는 날카로운 시선과 따뜻한 유머가 다채롭게 어우러진 네 편의 청소년소설을 엮었다. 삭막한 현실 속에서도 당당히 자신의 길을 가는 청소년들의 이야기가 매력적이다.

★ 제12회 푸른문학상 수상작

＊〈푸른도서관〉 시리즈는 계속 나옵니다!